Dessous les roses

Du même auteur

Je vais bien ne t'en fais pas
Le Dilettante, 2000 ; Pocket, 2002.

À l'ouest
Éditions de l'Olivier, 2001 ; Pocket, 2001.

Poids léger
Éditions de l'Olivier, 2002 ; Points, 2004.

Passer l'hiver
Éditions de l'Olivier, 2004 (Bourse Goncourt de la nouvelle) ; Points, 2005.

Falaises
Éditions de l'Olivier, 2005 ; Points, 2006.

À l'abri de rien
Éditions de l'Olivier, 2007 ; Points, 2008 (prix France Télévisions, prix Populiste)

Des vents contraires
Éditions de l'Olivier, 2008 ; Points, 2009 (prix RTL/Lire)

Kyoto Limited Express
avec Arnaud Auzouy, Points, 2010.

Le Cœur régulier
Éditions de l'Olivier, 2010 ; Points, 2011.

Les Lisières
Flammarion, 2012 ; J'ai lu, 2013.

Peine perdue
Flammarion, 2014 ; J'ai lu, 2015.

La Renverse
Flammarion, 2016 ; J'ai lu, 2017.

Chanson de la ville silencieuse
Flammarion, 2018 ; J'ai lu, 2019.

Une partie de badminton
Flammarion, 2019 ; J'ai lu, 2020.

Tout peut s'oublier
Flammarion, 2021 ; J'ai lu, 2022.

Olivier Adam

Dessous les roses

roman

Flammarion

© Olivier Adam et Flammarion, 2022.
ISBN : 978-2-0802-8619-2

Pour Karine

P. E.

Comme un frère

Projet T. A. - version 1
10 décembre 2021

Distribution en cours

« Quand les juges délibèrent
Si je fais mal ou je fais bien
Si je suis vraiment sincère
Moi je sais même plus très bien... »

Jean-Jacques Goldman,
Peur de rien blues

« J'écris de la fiction, on me dit que c'est de l'autobiographie, j'écris de l'autobiographie, on me dit que c'est de la fiction, aussi puisque je suis tellement crétin et qu'ils sont tellement intelligents, qu'ils décident donc *eux* ce que c'est ou n'est pas. »

Philip Roth, *Tromperie*

Acte I

Premier jour

Scène 1

CLAIRE

— Je vais me coucher. Ne montez pas trop tard. Demain...

Notre mère n'a pas achevé sa phrase. Elle a paru égarée soudain, et son regard s'est voilé. Un instant, j'ai pensé que je ne l'avais jamais vue pleurer. J'ai saisi sa main sèche et glacée, y ai posé mes lèvres. Elle m'a regardée surprise, vaguement incommodée, réprimant une grimace de répulsion. Nous n'avions guère l'habitude de ce genre de gestes, elle et moi. Personne n'aurait su dire pourquoi. C'était ainsi. Nous n'étions pas ce type de famille, voilà tout. Enfant, je n'en avais même pas conscience. Je ne crois pas que ça m'ait vraiment manqué. J'ignorais qu'il pouvait en être autrement. Quand j'allais chez des amies, ça ne semblait pas si différent. Mais peut-être leurs parents retenaient-ils leurs élans en ma présence. Par pudeur. Par discrétion. C'est seulement quand j'ai rencontré Stéphane que j'ai réalisé que cette absence de démonstrations d'affection n'était pas si courante et qu'il existait des foyers où l'on se touchait, se serrait dans les bras, s'échangeait des mots tendres.

Elle a fini par retirer sa main de la mienne en me lançant un sourire crispé. Puis elle s'est dirigée vers la porte-fenêtre. Il était minuit passé. Stéphane et les enfants étaient montés se coucher depuis plus d'une heure. Elle avait tout de même tenu jusque-là, s'était efforcée de veiller aussi tard que possible, mais ça ne servait plus à rien maintenant. Il n'y avait plus aucune chance pour que Paul se pointe avant le lendemain matin. Et encore. S'il daignait venir. Il n'avait répondu ni à mes messages ni à ceux d'Antoine. Ça faisait trois mois que nous n'avions pas eu de contact avec lui. Mais c'était habituel. Notre frère était injoignable quand il sortait un nouveau film. Et aussi pendant qu'il l'écrivait. Sans parler du tournage, du montage et de la postproduction. En définitive, les périodes où il réapparaissait dans nos vies étaient rares, et c'était toujours de manière fuyante, on aurait dit de mauvaise grâce. Comme une punition qu'il s'infligeait pour des raisons obscures. La plupart du temps, nous n'avions de ses nouvelles qu'à travers les journaux, la radio, parfois même la télévision – mais cela n'arrivait pas si souvent : en règle générale c'étaient les comédiens qui venaient présenter ses films dans les émissions culturelles. Notre mère nous suppliait de nous montrer cléments. La vie que menait Paul avait beau revêtir pour elle une grande part de mystère, elle en comprenait au moins ceci : le besoin qu'il avait de se concentrer sur l'écriture de ses films. L'énergie qu'il lui fallait ensuite déployer pour les faire produire et les financer. Le gouffre dévorant que constituaient le tournage et le montage. Puis combien il était débordé par la promotion et l'anxiété quand le résultat sortait sur les écrans. Et enfin comment tout cela, échec ou succès peu importait, le laissait exsangue, et la nécessité qu'il éprouvait alors de se retirer en lui-même pour reprendre des forces et permettre au projet suivant d'advenir. À moins qu'au contraire il n'enchaîne avec une mise en scène pour le théâtre, discipline qu'il affectionnait de plus en plus mais qui semblait l'engloutir tout autant, même si la période des représentations n'était pas censée requérir sa présence – il n'empêche que durant ces semaines aussi il ne donnait plus signe de vie. Oui, notre mère comprenait tout ça. Mieux qu'Antoine et moi : après tout, nous menions également des vies professionnelles prenantes, épuisantes, à quoi s'ajoutait me concernant le quotidien éreintant d'une famille, la gestion des enfants, d'un mari et d'une partie non négligeable des tâches domestiques, et pour Antoine une vie privée difficile à saisir, puisque, justement, il la gardait farouchement privée, mais que je soupçonnais agitée. Et quand bien même. Pour cette fois il aurait pu faire une exception, me disais-je. Nous faire part de ses intentions. Ou au minimum accuser réception des informations que nous lui avions transmises, au premier rang desquelles figurait l'espoir de maman qu'il soit là malgré tout. Bien sûr, il y avait peu de chances qu'il en tienne compte. Nous concernant, il ne tenait jamais compte de grand-chose.

Maman a refermé la porte-fenêtre. Je lui ai fait signe de la laisser ouverte : Antoine et moi ne nous coucherions pas de sitôt. Il faisait encore doux et il y aurait encore pas mal d'allers-retours entre la terrasse et la cuisine pour nous ravitailler en alcool, vider un cendrier, trouver de quoi grignoter – un reste de poulet, un paquet de chips, des biscuits. Mais elle l'a tout de même fermée pour éviter les courants d'air. Elle leur livrait une guerre sans merci. Depuis toujours et même en plein été. Nous nous engueulions souvent à ce sujet quand je vivais encore ici. J'aimais plus que tout sentir l'air circuler à travers les pièces, et détestais la sensation de confinement d'une maison hermétique. Ça la rendait dingue. Elle refermait tout derrière moi. Y compris s'il s'agissait de ma propre chambre alors que j'y étais. Elle entrait dans la pièce sans un mot et se dirigeait vers la fenêtre. Une fois le mal réparé, d'un geste sec qui trahissait sa colère, elle ressortait sans une explication, sans même un regard. J'ignore pourquoi elle haïssait à ce point les courants d'air, même les plus tièdes, même les plus doux. Je crois qu'elle n'aurait sans doute pas pu l'expliquer elle-même. C'était une phobie qui venait d'on ne savait où, un truc inscrit en elle depuis l'enfance, légué par ses propres parents peut-être. Les courants d'air, dans une maison, c'était le mal absolu. Et ça faisait partie des nombreux points sur lesquels mon père et elle étaient d'accord. Au même chapitre, il faudrait ajouter la question des volets. Mes parents les fermaient sitôt la nuit tombée, et parfois même en journée, l'été, par forte chaleur. J'avais l'impression de vivre dans un caveau. J'avais l'impression qu'on m'enterrait vivante.

Elle s'est servi un verre d'eau dans la cuisine, avant d'éteindre la lumière. Puis nous avons entendu l'escalier craquer sous ses pas. Elle ne pesait pourtant pas bien lourd. Elle avait tant maigri ces dernières semaines. Depuis que j'étais arrivée, je ne l'avais rien vue avaler – elle ne pouvait simplement pas, disait-elle, mais ça finirait bien par revenir. Tout passe, tu sais, répétait-elle souvent. Et c'était là l'essentiel de sa philosophie. Endurer. Faire le dos rond. Attendre que le temps fasse son œuvre. Avec patience et en silence. Sans plainte, surtout. Nous avons compté vingt craquements, pour autant de marches. Ce foutu escalier avait toujours fait un boucan d'enfer. Dès le premier jour, paraît-il. Dès l'achat de la maison pour laquelle mes parents s'étaient endettés sur quarante ans peu avant ma naissance. Personne n'avait jamais trouvé comment y remédier. Personne n'avait jamais su à quoi c'était dû. Un défaut de conception. La qualité du bois. Une négligence dans le montage. Adolescents, il nous fallait rivaliser d'ingéniosité pour le descendre dans la nuit sans alerter nos parents qui ne l'auraient pas toléré, sans réveiller notre père qui nous l'aurait fait payer – il se levait tôt pour partir au boulot et son sommeil était sacré. Combien de fois nous étions-nous gaufrés, Antoine et moi, parce que le bois ciré glissait sous les chaussettes, ou que nos mains avaient lâché prise tandis que nous prenions notre élan accrochés à la rampe, dans l'espoir d'atteindre le rez-de-chaussée sans effleurer plus d'une ou deux marches ? Combien de chevilles tordues suite à nos réceptions approximatives ? Seul Paul ne se faisait jamais gauler. J'ignore comment il s'y prenait mais jamais aucun bruit ne le trahissait. Et pourtant il redescendait presque chaque nuit, souvent bien avant moi, pour monopoliser le téléviseur et le magnétoscope et s'enfiler ces vieux films aux couleurs fanées dont il dit aujourd'hui qu'ils ont forgé sa destinée. Quand il ne faisait pas le mur pour passer la nuit dehors.

— Tu crois qu'il va venir ? a lancé Antoine en s'allumant une cigarette.

Dans la rue les arbres bruissaient doucement. La nuit était encore tiède. Du jardin montaient des parfums de terre et de résine. Antoine avait enflammé la mèche d'une lampe à huile qui éclairait notre coin de terrasse. Il l'avait achetée pour nos parents au début de l'été. Ils ne s'en étaient jamais servis. J'ai haussé les épaules. Avec Paul, comment savoir ? Il n'en faisait toujours qu'à sa tête. Se souciait peu des convenances. Comme si son statut d'artiste l'y autorisait. Il considérait n'avoir aucune obligation envers qui que ce soit. Et surtout pas envers sa famille, qu'il avait laminée de film en film, de pièce en pièce, même s'il s'en défendait. C'est une fiction, répétait-il, rien à voir avec vous. Mais qu'est-ce qu'il croyait ? J'avais beau ne pas être aussi cinéphile que lui, ne pas être particulièrement portée sur la littérature et le théâtre – ou plutôt ne pas avoir assez de temps pour ça –, je connaissais la rengaine, cette excuse bidon de la fiction, cette stratégie d'évitement minable, ce vrai truc de faux cul. « Mais le héros est roux », glapissait Christian Clavier dans *Mes Meilleurs Copains* pour se dédouaner. Et puis il y avait les interviews. Là, je n'ai jamais su quelles pouvaient être ses justifications. Personnellement je ne lui en tenais pas rigueur. Notre mère non plus. Ce n'était pas pire que les pièces ou les films eux-mêmes. Mais Antoine, lui, ne le voyait pas ainsi. À ses yeux, que notre frère mente à longueur d'entretien, s'inventant une enfance qu'il n'avait pas vraiment vécue, une famille qui n'avait pas tout à fait été la sienne, travestissant des souvenirs, un passé, pour en tirer bénéfice, relevait de la malhonnêteté la plus crasse. Et cette fois il n'avait pas l'excuse de la fiction, de la licence poétique ou de n'importe quelle connerie de ce genre. Non. Là, c'était de l'arnaque pure et simple. De l'escroquerie caractérisée, fût-elle intellectuelle.

— Quel enfoiré, râlait-il. Quel foutu mythomane. Tout ça pour se faire valoir. Tout ça pour se faire plaindre ou je ne sais quoi. Non mais quel imposteur. Et puis cette manière de geindre sur son enfance... Cette manière de tout dénigrer. Maman, papa, cette maison, cette ville...

En général je préférais ne pas répondre. Antoine n'avait pas complètement tort, bien sûr. Mais il était né six ans après Paul. Et huit après moi. Nous n'avions pas connu exactement les mêmes parents. Et si Paul en rajoutait sans doute, je savais qu'à la source du fleuve de ses mensonges coulait un ruisseau où se cachait un soupçon de vérité. En tout cas la sienne. Qui n'était pas tout à fait la mienne. Mais qui ne ressemblait en rien à celle d'Antoine. Quand bien même avions-nous grandi sous le même toit.

— Tu l'as vu, toi, son dernier film ? m'a demandé Antoine.

J'ai hésité à lui avouer la vérité. Oui, je l'avais vu. Et bien avant qu'il ne sorte. Paul m'avait invitée à assister à une projection privée en compagnie de l'équipe. Sur le coup, ça m'avait surprise. Il ne faisait plus ce genre de choses depuis longtemps. Convier l'un d'entre nous à des projections, des avant-premières. Nous envoyer des invitations pour ses pièces. D'ailleurs les rares fois où nous le croisions, sans papa puisque depuis leur ultime affrontement c'était devenu impossible, et jamais dans cette maison parce qu'il était hors de question que notre père quitte son propre domicile pour nous laisser le champ libre, nous ne parlions jamais de ses réalisations. C'était un sujet tabou. Il ne voulait avoir à se justifier sur rien, et de toute manière selon lui nous « ne pouvions pas comprendre », n'étions pas à la bonne distance, celle du spectateur. Nous surinvestissions ses créations, et de façon biaisée. Nos liens, notre passé commun nous aveuglaient. Ces discussions ne menaient à rien. Sinon à des dialogues de sourds. En définitive, s'il avait appris une chose de sa vie d'artiste, c'est que ça ne pouvait pas bien se passer avec les proches, en particulier la famille. Soit il inventait, tordait, réarrangeait, et on l'accusait de mensonge, exagération, manipulation, manque de respect, trouble à l'ordre public de la réputation et du qu'en-dira-t-on : pour qui nous fais-tu passer, que vont penser les voisins ? Soit il se cantonnait à la vérité et ça revenait au même : comment osait-il raconter tout ça, nous jeter en pâture et s'essuyer ainsi les pieds sur le respect de nos vies privées ?

— Un écrivain dans une famille, c'est la mort de cette famille, disait Philip Roth. Ben c'est pareil pour les cinéastes et les metteurs en scène, m'avait-il asséné un jour.

Et il fallait croire qu'à ses yeux, la sentence du grand auteur américain avait valeur à la fois d'autorisation et d'absolution.

En recevant le message dans lequel il me conviait à la projection de son dernier film, je m'étais doublement méprise. D'abord parce que je m'étais imaginée qu'à défaut de notre père, vers lequel Paul se refusait à faire le moindre pas – et la réciproque était tout aussi vraie –, Antoine et maman seraient là eux aussi. Et ensuite parce que je pensais qu'il s'agissait d'une avant-première. Je m'étais apprêtée, maquillée en conséquence. Stéphane et les enfants s'étaient bien foutus de ma gueule. Il faut dire que la petite robe noire décolletée, les collants résille, les talons hauts, le trait de khôl sous les yeux et le rouge pétard aux lèvres, ça changeait tout autant de la blouse et des Crocs de l'hosto que du jean et du sweat à capuche que j'enfilais sitôt rentrée à la maison. Ce n'est qu'en entrant dans le hall de la luxueuse salle de projection privée nichée près du parc Monceau, à Paris, que je m'étais rendu compte de mon erreur : j'étais la seule à m'être mise sur mon trente et un. Vêtus comme ils l'étaient, en « tenue de tous les jours », pour ne pas dire « d'intérieur » (jogging et sweat informe sur tee-shirt lâche), j'avais eu du mal à reconnaître certains acteurs, dont deux ou trois faisaient pourtant partie de ces stars qui occupent la une des magazines et défilent habillés par de grands couturiers sur le tapis rouge de Cannes,

Venise ou Berlin. À mon arrivée, Paul était occupé, en grande conversation avec je ne sais qui, des gens de la production, de la distribution, son premier assistant, des représentants des chaînes qui avaient financé son long-métrage. Il avait fini par m'apercevoir et s'était extrait un instant du groupe qui s'était formé autour de lui pour me claquer la bise.

— Ah, tu es venue ? avait-il lâché, l'air surpris.

Pour un peu, on aurait dit qu'il ne se souvenait pas de m'avoir invitée. Nous avions échangé deux ou trois banalités. Il m'avait complimenté sur ma tenue, sans que je puisse déterminer s'il était sarcastique ou non. Et ça avait été tout. Il était retourné à ses hôtes et je m'étais sentie tellement déplacée au milieu de tous ces gens, tellement tarte avec ma robe de soirée, que j'étais entrée directement dans la salle. Par miracle je n'étais pas la première. Une femme, sans doute l'attachée de presse, s'y était réfugiée pour passer des coups de fil.

Après la projection, il était de nouveau très entouré, il avait à peine pu me dire au revoir et nous n'avions pas eu l'occasion de discuter du film. J'avais regagné le parking en me demandant pourquoi il m'avait conviée, moi et moi seule, et pour cet opus en particulier. Quel message avait-il voulu me transmettre ? Y avait-il dans le film quelque chose que je n'avais pas su voir et qui nous concernait tous les deux ? Un clin d'œil ? Une révélation ?

Je ne l'avais ni revu ni eu au téléphone depuis ce jour-là.

— Et toi ? ai-je préféré éluder. Tu l'as vu, ce film ?
Antoine a haussé les épaules et ses mâchoires se sont contractées.
— Bien sûr que je l'ai vu. Je les vois tous, figure-toi. Même ses putains de pièces, je les vois. Je veux savoir à quelle sauce on est mangés. Ce que je vais encore me prendre dans la gueule. En quoi je vais me retrouver déguisé. Le trader sans scrupule ? Le startupeur décérébré ? Le pubard inculte ? Le petit frère complice aveugle de la brutalité paternelle ? Ah ah… Suspense… Et puis peut-être qu'à l'hosto tout le monde s'en branle de ses films ou de ses pièces, et vous avez bien raison, mais chez nous tu peux pas savoir, y a toujours un mec qui se pique d'aimer le théâtre, le cinéma d'auteur ou ce que tu veux, sûrement parce qu'il s'imagine que quand tu gagnes du pognon faut faire semblant d'être un minimum cultivé, bref, y a toujours un mec à un moment donné quand je me présente qui finit par me sortir : « Eriksen, comme le réalisateur ? » Et quand je réponds que je suis son petit frère, c'est parti, j'en ai pour des plombes, les types se croient obligés de tartiner sur ses soi-disant chefs-d'œuvre. Tu les verrais, soudain ils se prennent tous pour des critiques des *Cahiers du cinéma*. Enfin… tout ça pour dire… ouais je l'ai vu. Quel enculé quand même. Même

si bon. Je sais pas pourquoi ça m'étonne encore. À chaque fois je me fais avoir. À chaque fois je suis surpris. Je me dis : non, il va pas oser. Et puis si. Il ose.

— Il ose quoi ?

— Ben comme toujours. Réécrire l'histoire. Tout exagérer. Traîner papa dans la boue. Nous traiter comme des merdes. Me faire passer pour le méchant de l'histoire.

— Le méchant de l'histoire ?

— Ouais, tu sais bien. Toi, t'es à l'abri. Je veux dire : dans son monde en noir et blanc, tu fais partie des gentils. Tu bosses à l'hôpital. Pour le bien de l'humanité. T'es du côté du soin. Et puis tu votes à gauche. Enfin je suppose. Je m'en bats les couilles. Mais lui pas. Toi, t'es dans le bon camp. Le camp du bien. Alors que moi bien sûr.

— Toi quoi ?

— Ben... tu vois ce que je veux dire... Et puis merde. Laisse tomber. Il pense peut-être que son fric pue moins que le mien ? Mais d'où il croit qu'il vient, le pognon des mecs qui financent ses films ? À qui il croit qu'elles appartiennent, ces plateformes, ces chaînes de télévision, ces boîtes de distribution ? Et après ça, il donne des leçons à tout le monde. Il nous pète les couilles avec ses prêchi-prêcha d'artiste engagé. Avec son 120 mètres carrés dans le IXe, il nous emmerde. Avec ses conneries de j'ai grandi en banlieue alors j'ai le droit de parler des classes populaires, il nous emmerde. Avec mon père m'a dit ceci mon père m'a fait cela, il nous emmerde. Qu'est-ce qu'il lui a fait, papa ? Hein ? Qu'est-ce qu'il lui a fait ? Est-ce qu'il a seulement levé la main sur lui un jour ? Je veux dire, autrement qu'un coup de pied au cul sûrement bien mérité par-ci par-là ? Non ? Alors. Est-ce qu'à un moment ou à un autre il a manqué de subvenir à ses besoins ? Non. Est-ce que ça l'a empêché de faire des études et de devenir cinéaste, d'avoir des parents qui avaient juste le certif ? Non. Est-ce que grandir ici l'a empêché de devenir celui qu'il voulait être et de faire partie du gratin qu'il rêvait tellement de sucer ? Non. Est-ce que ça l'a empêché de baiser tous les mecs qu'il voulait, d'avoir un père qui n'était pas enchanté enchanté que son fils soit gay, même s'il a fini par s'y faire ? Non ? Alors. OK, il a mis du temps, mais merde, qu'est-ce qu'il se figure ? Que c'était facile pour papa ? Vu d'où il venait, justement ? Merde, il fait chier. Je vais te dire, j'espère qu'il ne va pas se pointer demain matin. Et surtout, si jamais il vient, s'il s'avise de se lever pour parler de papa, en mal comme en bien, oui, en bien, parce qu'il est assez narcissique pour être foutu de se donner le rôle du mec qui pardonne alors que c'est à lui de se faire pardonner, je te jure, je le défonce.

— Ah ouais ? Je serais curieux de savoir comment tu comptes t'y prendre...

Antoine a sursauté. Je me suis retourné et Paul se tenait là, dans l'obscurité, un sac à la main. Nous n'avions pas entendu grincer la grille. Ça aussi, j'ignore comment il s'y prenait. Ce portillon couinait depuis toujours. Aucun dégrippant, aucun type d'huile n'avait jamais réussi à le calmer. Mais Paul parvenait à le pousser sans lui arracher le moindre miaulement. Antoine s'est levé, tendu à mort. J'ai cru qu'il allait se jeter sur Paul et qu'ils allaient se battre pour de bon. Mais ils se sont contentés de s'embrasser du bout des lèvres. Nous avons fait de même, Paul et moi, mais dans une version plus sincère et plus chaleureuse.

— Tu t'assieds avec nous ? Tu veux boire quelque chose ? lui ai-je proposé.

Il a posé son sac et semblé hésiter un instant. Il pensait d'abord aller voir maman. Je lui ai désigné ma montre. Il était tard. Elle devait dormir maintenant. Elle était épuisée, forcément. Elle était épuisée tout le temps, de toute façon, ces dernières semaines.

— Tu crois qu'il y a du whisky ? a-t-il demandé avant de s'écrouler sur la chaise où s'installait toujours papa.

J'ai vu Antoine tiquer mais Paul n'a rien remarqué. Ou alors il n'en avait rien à cirer, comme toujours.

— Putain, je suis crevé. Je viens direct du Cinéma des Cinéastes. Y avait une projection avec un débat après. Enfin… le truc habituel. Ça n'en finissait pas. Et sinon, c'est à quelle heure demain ?

— C'est à quelle heure, quoi ? a éclaté Antoine. La séance ? Le spectacle ? Putain, Paul… De quoi tu parles, là ? Personne t'a vu depuis trois mois, tu réponds à aucun de nos messages, tu te pointes sans prévenir, maman a dû aller se coucher sans savoir si tu serais là demain, alors que pour des raisons qui m'échappent complètement ça a l'air hyperimportant pour elle. Et toi tu nous bassines avec la merveilleuse projection de ton merveilleux film et du merveilleux débat qui s'en est suivi et qui n'en finissait merveilleusement pas…

— Attends, je bassine personne avec rien. Je vous explique juste pourquoi j'arrive si tard et pourquoi je suis claqué, c'est tout.

Je lui ai servi son whisky et Antoine s'est levé, comme monté sur ressorts.

— Parce que nous, on est pas claqués, peut-être ? Tu crois que je fais quoi de mes journées ? Et Claire ? Elle est pas crevée, Claire ? Tu crois que c'est le Club Med, l'hôpital ? Et après ça, faut encore qu'elle se coltine les gosses et tout le bordel à la maison. Et jamais ça ne lui viendrait à l'esprit de se plaindre, elle. Bon. Tu m'as déjà assez gonflé. Je vais me coucher. À demain.

Antoine a joint le geste à la parole, heurtant une chaise en plastique au passage. Et nous nous sommes retrouvés seuls sur la terrasse, Paul et moi, tandis que notre petit frère claquait la porte-fenêtre et gagnait l'étage en faisant craquer l'escalier comme jamais.

— Ben dis donc, ça lui réussit pas la coke.

J'ai secoué la tête. Je n'avais aucune envie de plaisanter. J'avais juste la gorge serrée de les voir comme chien et chat depuis si longtemps maintenant tous les deux. J'étais juste triste de constater qu'ils étaient devenus incapables de déposer les armes, même un jour comme celui-là. Comment était-ce possible ? Où étaient passés les deux frères tendres et unis que j'avais connus ? Le grand qui veillait sur le petit, l'asticotait gentiment, le protégeait quand il le fallait, lui refilait ses jouets, ses déguisements, ses bouquins, ses disques. Les deux, endormis enlacés, le plus jeune dans les bras du plus âgé, dans la lumière orange de la tente de camping. Penchés sur un circuit de voitures électriques. Raquette à la main dans le jardin avant que papa ne se mette à gueuler parce qu'ils niquaient son gazon et envoyaient la balle dans les fleurs. Le grand qui allait chercher le petit en voiture au milieu de la nuit à la fin de ses premières soirées parce que papa avait décrété qu'il ne fallait pas compter sur lui – ce qui constituait déjà un progrès vu qu'à Paul et plus encore à moi, il interdisait carrément d'y aller à ces foutues soirées, et de toute façon il n'était pas question que je sorte comme ça, avec cette jupe qui dévoilait mes jambes et maquillée comme une poufiasse.

— Ça fait combien de temps que t'as pas mis les pieds ici ? ai-je demandé.

— Je sais pas. La dernière fois c'était... je sais plus.

Il a pris son verre et l'a porté à ses lèvres. L'a vidé d'un trait en grimaçant, comme je l'avais toujours vu faire. Il n'aimait pas vraiment le whisky, je crois. Il n'en buvait que pour l'effet. Il aimait cette efficacité. Cette vitesse. Le vin, au bout d'un moment, c'était trop lent pour lui. Comme une mollesse. Un manque de radicalité. Une demi-mesure.

— Alors ? Pourquoi il est si en colère contre moi, le petit frère ?

— À ton avis ?

— Je sais pas. Parce que je vous ai pas prévenus que je venais... Parce que je suis venu... Pour les trucs habituels, je suppose. Ce qu'il s'imagine que je raconte dans mes films.

— S'il n'y avait que les films.

— Comment ça ?

— Ben... Tes dernières interviews. Là tu peux pas dire qu'il s'imagine quoi que ce soit.

— Attends, tu sais très bien que les journalistes déforment tout. Qu'ils me confondent avec mes personnages.

— C'est ça, prends-moi pour une conne. Pas à moi, Paul. Pas à moi, merde.

Il a semblé accuser le coup et s'est resservi un verre, avant de s'allumer un de ces cigarillos cubains dont je ne supportais pas l'odeur. Mais ça aussi, il s'en fichait. Il se fichait de tellement de choses, c'était vertigineux. De quel droit ? me demandais-je parfois, quand j'y pensais, pas si souvent.

— Qu'est-ce qui t'as pris, encore ? ai-je insisté. Pourquoi t'as remis ça ? Pourquoi tu racontes toutes ces conneries dans tes interviews ?

— Quelles conneries ?

— Tu sais bien. Tout ce baratin. Ce type pour qui tu essaies de te faire passer. Genre t'as eu une enfance difficile, des parents incultes, racistes, homophobes ou que sais-je. Genre on était limite pauvres. Genre t'es un gars de banlieue et t'as dû t'extraire de tout ça pour accéder à la culture, à l'art, pour faire partie d'une bourgeoisie intellectuelle dont tu ne maîtrisais pas les codes et où tu trimballais tes complexes, tes problèmes de trahison et de loyauté envers ta classe, tout ce bullshit.

— Ce bullshit ? Tu parles comme Antoine, maintenant ?

— Je parle comme je veux. Et oui. Ce bullshit. Tu sais bien que tout ça c'est du flan. Ou tellement exagéré, tellement complaisant, tellement travesti et tordu que ça revient au même. C'est quoi, l'idée ? Tu veux qu'on te plaigne ? Qu'on t'admire ? Qu'on s'extasie sur ton parcours ? Qu'on te décerne une médaille parce que t'as bien travaillé à l'école ? Qu'on te félicite d'avoir eu les dents longues ? D'avoir toujours pété plus haut que ton cul ? Ou c'est juste que sans ça tu te sentirais pas crédible, pas légitime ? Que t'as le complexe de l'imposteur ? Ou que tu te cherches des excuses pour te justifier d'être devenu un connard sans cœur et méprisant ? Je suis un sale type mais c'est pas de ma faute, mon père était dur avec moi...

— Ouah... La vache. C'est ma fête, dis donc.

Il a vidé son verre et je me suis demandé ce qui me prenait soudain, de me faire la porte-parole d'Antoine en son absence, d'intenter à Paul le procès que lui aurait infligé son petit frère s'il n'avait pas préféré monter se coucher une fois de plus, de peur d'en venir aux mains, de perdre ses nerfs, de se laisser emporter par le chagrin. Ou par manque de courage. Parfois Antoine et Paul me faisaient penser à cette scène de *Marche à l'ombre* dans laquelle Michel Blanc se demande à voix haute, face à Gérard Lanvin, ce qui le retient de lui en foutre une. Et Lanvin de lui répondre : La trouille peut-être ?

— C'est juste... a commencé Paul. Bon, d'abord, pour le coup, c'est toi qui exagères. Qui surinterprètes mes propos. Mais je t'accorde que parfois... Enfin... c'est juste... ça me gonfle tellement tout ça. La promo. Leurs questions. Ça me fait tellement chier. Je leur donne ce qu'ils veulent entendre. Je brode un peu. Ça m'occupe. C'est de la fiction. Comme les films. Ça les prolonge, en un sens. Là aussi tout est faux. Mais rien n'est inventé. Jamais complètement en tout cas. T'es bien placée pour le savoir.

J'ai pensé à maman. Paul disait toujours qu'elle ne comprenait rien à son boulot, mais c'est elle qui avait raison quand elle affirmait que son problème, c'est qu'à force il ne savait plus où était la frontière entre lui et les doubles qu'il s'inventait. C'est elle qui avait raison quand elle disait qu'il avait fini par croire à son propre personnage.

— Mais ce que je comprends pas, s'est justifié Paul, c'est ce que ça peut bien lui foutre, à Antoine. Tout ça ce ne sont que des mots sur du papier, des images sur un écran. Ce n'est pas la réalité. Et puis il me connaît. Ce que je raconte ici ou là, ce que j'invente, ça ne change rien à quoi que ce soit. Alors pourquoi ça le trouble tant ? Pourquoi il m'en veut à ce point ?

— Parce qu'il y a des gens qui croient à tes conneries, voilà pourquoi. Mais à mon avis, il t'en veut surtout parce que tu le négliges, Paul. Parce que tu ne l'invites plus aux projections de tes films. Parce que tu ne l'appelles presque jamais pour déjeuner ou dîner avec lui. Ou simplement pour prendre des nouvelles. Il t'en veut parce que tu ne réponds pas au téléphone. Parce que tu es assez à l'ouest pour croire effectivement que maman n'a pas de problème avec tes films. Pour croire que ni Antoine ni moi n'avons de problème avec les conneries que tu débites en interviews. Parce que tu as refusé de voir papa ces dernières années. Parce que tu leur as fait tant de peine pendant si longtemps. Parce que tu as fait voler cette famille en éclats.

— En éclats, c'est beaucoup dire. Je me suis juste mis en retrait. Ou on m'a mis de côté, comme tu voudras. Vous avez continué à former une famille, mais sans moi.

— Non, Paul. Ça ne marche pas comme ça. Une famille, c'est un ensemble. Tu l'amputes d'un membre, elle n'existe plus. Elle n'a plus sa forme originelle. Elle a explosé... Dis, pas de conneries, demain, hein ? Antoine ne supporterait pas. Et maman non plus.

— OK, grande sœur. Je laisserai le vieux con tranquille.

— Ne parle pas de papa comme ça.

— OK. J'arrête d'appeler vieux con le vieux con. N'empêche qu'il t'en a fait baver à toi aussi, le vieux con.

Il a ouvert sa boîte de Partagas mais elle était vide. Je l'ai regardé fouiller dans sa poche, en extirper un paquet de cigarettes avachi.

— J'essaie d'arrêter les cigarillos, a-t-il précisé et je n'aurais su dire s'il était sérieux ou s'il plaisantait.

Il a allumé une cigarette et me l'a tendue avant d'en sortir une deuxième. Depuis combien de temps n'avais-je pas fumé ? Depuis la naissance de la dernière, je suppose. Enfin, depuis le jour où j'avais su qu'elle était là, dans mon ventre, et ce n'était pas du tout ce que nous avions prévu avec Stéphane.

Deux enfants, c'était déjà bien suffisant. Et puis nous n'étions pas loin d'avoir dépassé la limite d'âge.
— Maman ! C'est pas bien de fumer !
Je me suis retournée. Iris s'avançait sur la terrasse, en pyjama, son doudou à la main. Merde. Il avait fallu qu'elle se pointe à cet instant précis. Qu'elle ouvre les yeux, décrète qu'elle n'arrivait plus à dormir, choisisse comme toujours de ne pas réveiller son père qui était pourtant juste à côté, et vienne me trouver là, maintenant. Alors que je tirais la première taffe de ma première clope depuis des siècles.
— C'est qui ? a-t-elle fait en désignant Paul.
— Enfin... Iris... C'est ton oncle.
— Ben non. Mon oncle, c'est tonton Antoine.
— Oui c'est vrai, est intervenu Paul. Tonton Antoine, c'est ton vrai tonton. Ton tonton préféré. Mais moi, c'est l'autre. Le côté obscur du tonton.
— Je comprends rien, a couiné Iris avant de se blottir dans mes bras.
— Y a rien à comprendre. Tu as deux tontons. Lui c'est Paul, le plus vieux de mes deux frères, mais c'est vrai que ça fait longtemps que tu ne l'as pas vu. Tu étais petite. Tu as dû oublier, c'est tout.
— On peut pas oublier un tonton.
— Moi si, a tranché Paul. On m'oublie vite, crois-moi. La preuve.
Iris a fermé les yeux et je l'ai sentie prête à se rendormir. Elle a toussé un peu, peut-être à cause

de la cigarette. Je la croyais assoupie, quand elle a demandé à Paul s'il avait des enfants, ou au moins une amoureuse. Il lui a répondu non deux fois et elle n'a pas cherché à en savoir plus. Autour de nous tout était parfaitement silencieux. Plus aucune voiture ne circulait dans les rues. Plus aucun chien n'aboyait. On n'entendait plus les RER au loin. J'ai pensé qu'il devait être vraiment tard et qu'on n'allait pas être frais le lendemain. J'ai jeté un œil à la petite. Au son régulier de sa respiration j'étais sûre qu'elle dormait cette fois-ci. De l'autre côté de la table, Paul se resservait un whisky. Du menton il m'a demandé si j'en voulais un moi aussi. Mais il n'a pas attendu ma réponse et m'en a versé un d'office.

— Tu m'as pas dit, au fait. La dernière fois qu'on s'est vus. Ce que t'en as pensé.

— Ce que j'ai pensé de quoi ?

— De mon film.

— Eh bien… J'ai pas vraiment pu. Il y avait tous ces gens autour de toi. Tu n'étais pas très… disponible. Mais je l'ai aimé, bien entendu. C'est mon préféré, même, je crois.

Et je n'ai pas ajouté : Mais tu sais que j'ai aimé tous tes films. Même si tous m'ont fait du mal. Pas directement. Parce que tu m'as toujours épargnée. J'ai même parfois eu le beau rôle. La grande sœur protectrice. La soignante. Un genre de sainte laïque. Comme si ça existait, bordel. Comme si c'était aussi simple que ça. Mais tous tes films m'ont fait du mal. Mal pour Antoine. Pour maman. Pour papa. Mal pour le reste de la famille, aussi.

— Le reste de la famille ? m'aurait-il rétorqué. Qu'est-ce que tu en as à foutre ? Tu les vois jamais.

— Moi non, mais maman...

— Maman ne m'a jamais rien reproché.

— Parce qu'elle a trop peur de te perdre pour de bon. C'est une mère. Elle est prête à tout pardonner à ses enfants. Elle est prête à se faire marcher dessus. Tu l'aurais vue tout à l'heure. Luttant contre le sommeil parce qu'elle espérait te voir apparaître. Tu ne sais pas ce qu'elle m'a dit ce matin quand je suis arrivée ?

— Non.

— Que si tout ça avait au moins un aspect positif, c'est qu'on serait enfin réunis ici. Qu'elle aurait enfin ses trois enfants sous son toit.

Non, tout ça, je ne le lui ai pas dit. Je me suis contentée de le rassurer comme toujours. Bien sûr, j'avais aimé son film. Bien sûr, c'est Antoine qui ne parvenait pas à dissocier la réalité de la fiction, avec sa propension à tout prendre pour lui, pour nous, à tout interpréter.

— Mais pourquoi tu m'as invitée à cette projection ? J'aurais pu aller le voir à sa sortie.

Il a tiré sur sa clope, puis s'est lancé dans une explication douteuse, comme quoi il avait pensé que ça me plairait peut-être de croiser les acteurs principaux du film. Surtout elle : il lui semblait se rappeler que je l'avais toujours aimée.

— À une époque, je me souviens, t'avais même une photo d'elle épinglée au-dessus de ton lit.

— Tu te fous de moi ? C'est comme ça que tu me vois ? Une foutue midinette ? Le genre de fille que ça fait se pâmer de voir des actrices en vrai ?

Sa bouche s'est un peu tordue. J'ai bien vu qu'il était gêné tout à coup d'avoir été pris en faute. En flagrant délit de n'importe quoi. Il a hésité un instant, puis s'est mis à bredouiller qu'il y avait deux ou trois trucs dans le film qu'il avait voulu que je découvre en sa présence. Il voulait voir ma réaction, percevoir mon ressenti. Mais c'était absurde : nous étions assis loin l'un de l'autre. Et dans l'obscurité. Il n'empêche : il avait voulu les partager avec moi, ces souvenirs sur grand écran, remémorés, déterrés des limbes, réincarnés. J'ai tenté de faire resurgir les images du film, de les extirper de ma mémoire encombrée, saturée par tout le reste, Yann, les collègues et les patients à l'hosto, les enfants, Stéphane, et tout ce qui m'avait bousculée et vidée ces dernières semaines. De toute façon c'était toujours difficile quand il s'agissait de ses créations. Trop de pensées me submergeaient pendant que les images défilaient. Je n'y voyais jamais très clair. Souvent l'intrigue elle-même finissait par m'échapper, la narration par me perdre. J'étais trop attachée à tout reconnaître, à tout décrypter, à dénicher les mensonges, les trahisons, à traquer les coups bas, les allusions, les messages cachés. J'en repérais partout. C'étaient des séances de visionnage tout à fait paranoïaques – mais comme Paul lui-même le répétait à tout bout de champ : même les paranoïaques ont de vrais ennemis. J'ai eu beau me creuser la cervelle, je ne trouvais pas à quels passages du film il faisait référence. Quels souvenirs communs réinventés, réinterprétés étaient censés m'avoir émue ou troublée.

— Tu ne vois pas ?

J'ai secoué la tête. Dans mes bras, Iris s'est un peu agitée sous l'effet d'un mauvais rêve. J'ai embrassé ses cheveux.

— Vraiment ? a insisté Paul. La scène où elle le soigne ? Il rentre en pleine nuit, il est allé retrouver des garçons au parc, il est tombé sur ce type qui l'a dérouillé, il passe par la cuisine et croise son père qui ne lui adresse pas la parole, secoue la tête, le fixe avec tellement de mépris, de dégoût, de haine. Il monte à l'étage, l'escalier craque, ça réveille sa sœur. Elle entrouvre la porte, l'aperçoit. Il lui adresse un sourire douloureux. Elle s'approche, comprend qu'il est blessé et le soigne dans la nuit. Et puis il y a une autre scène, tu sais, avec le grand-père qui se pointe chez eux aux aurores. Le frère et la sœur sont déjà levés, habillés, prêts à partir. Et le vieux les emmène dans sa Peugeot enfumée. Ils roulent jusqu'à la forêt. Marchent sur les sentiers, silencieux. Et puis une biche apparaît. C'est comme une épiphanie, avant le retour dans la maison glacée.

Je voyais très bien de quelles scènes il parlait. Des séquences typiques de son imaginaire. Je les avais trouvées belles et j'avais souri parce que bien sûr, cette manière de me dépeindre dès l'adolescence, déjà sainte, déjà dans le soin et la miséricorde, était si loin de moi, de celle que j'étais vraiment – il suffisait de demander à Stéphane qui me reprochait souvent d'être froide, il suffisait de demander aux patients qui me jugeaient revêche et si peu aimable, il suffisait de demander aux collègues pour qui j'étais une chieuse, il suffisait de demander aux enfants qui en avaient marre que je les engueule pour un rien, que je les emmerde en permanence avec le rangement, le bruit, tout ce en quoi je ressemblais malgré moi à mon père, parfois c'était sa voix que j'entendais à travers la mienne. Mais surtout, de mon point de vue, ces scènes étaient de pures inventions. Elles n'avaient jamais existé, sinon dans l'esprit tordu de Paul qui depuis si longtemps ne faisait plus la différence entre ses vrais souvenirs et ceux qu'il s'inventait, entre son passé et ce qu'il en fantasmait à force de le réécrire et de le réécrire sans cesse. Il ne s'en rendait pas compte, je crois, mais à chaque film, à chaque pièce, la réalité déviait un peu plus de son axe, de quelques millimètres à peine, et au bout de vingt ans l'écart était tout simplement devenu celui qui sépare la vérité du mensonge. Quand j'essayais de le lui faire comprendre, il se cachait toujours derrière la relativité des perceptions de chacun, des souvenirs, notre capacité à nous réfugier dans le déni – la mienne en tout cas puisque, à l'entendre, c'étaient toujours les autres qui refusaient de voir les choses comme elles étaient, minoraient, évitaient, alors que lui, évidemment, regardait le passé bien en face – et là il me ressortait son René Char de lycéen : « la lucidité est la blessure la plus rapprochée du soleil » et je faisais mine de bâiller pour le faire enrager, avant de lui ressortir une de ses punchlines favorites : tu as dû me confondre avec quelqu'un que ça intéresse, tes conneries.

Iris commençait à peser dans mes bras. Et il était si tard. Je tombais de sommeil, la tristesse accumulée ces dernières semaines avait achevé de me vider, je n'aurais bientôt plus la force ni le courage de la remonter dans son lit.

— Tu sais, Paul, rien de tout ça n'est vraiment arrivé.

— Comment ça ?

— Ces scènes, elles n'ont existé nulle part, sinon dans ta tête. Ou dans des films, des livres, des chansons. Tu les as tellement digérées. Tu t'es tellement identifié. Tu en as fait tes propres souvenirs. Mais jamais je ne t'ai soigné dans la nuit. Ou je ne m'en souviens pas. Jamais grand-père n'est venu nous chercher à l'aube pour nous entraîner dans la forêt silencieuse. Ou j'ai oublié. Et je ne sais même pas

Premier jour

si un jour en rentrant du parc où tu allais retrouver des garçons, tu es tombé nez à nez avec papa. Si un jour il t'a regardé avec tant de mépris. Si un jour tu es rentré blessé. Je ne sais même pas si ce parc existait, si ces garçons y rôdaient, si tu t'y es rendu ne serait-ce qu'une fois. Mais tout ça, c'était très beau dans le film. Et je sais d'où ça vient. Je sais que ça vient de ton cerveau, que ça vient de toi. Pas besoin que ce soit relié à un vrai souvenir. Au vécu. Ça suffit que ça vienne de toi, tu sais… Ça suffit que tu l'aies imaginé.

Je me suis levée. La petite était lourde dans mes bras. Mes jambes ramollies par l'alcool flageolaient un peu. Je me suis dirigée vers l'escalier. J'ai eu beau faire, chaque marche a craqué et un instant je me suis dit Merde, je vais réveiller papa, il va encore gueuler. Et puis je me suis souvenue qu'il était mort et qu'on l'enterrait demain.

Dans la chambre, Stéphane ronflait sous le regard attendri de Jean-Jacques Goldman – et c'est auprès de lui que j'avais si souvent *veillé tard*, et c'est à moi qu'il s'adressait quand il demandait *petite fille à quoi tu rêves*, et chez moi aussi la maison était *si nette qu'elle en était suspecte, comme tous ces endroits où l'on ne vit pas.* Étendu en travers du lit, Stéphane prenait toute la place, comme d'habitude. Quand je lui en faisais le reproche, il me répondait toujours que je n'avais qu'à me coucher en même temps que lui : c'est vrai, je passais des heures au rez-de-chaussée à faire on ne sait quoi, il m'attendait avec le maigre espoir de faire l'amour pour une fois, et dépité finissait par s'endormir. Parfois il se réveillait vers deux ou trois heures du matin et je n'étais toujours pas là. Et ensuite il m'entendait me plaindre à longueur de journée que j'étais naze.

— T'es tout le temps crevée mais c'est normal. Tu ne dors pas assez, c'est tout, disait-il.

Comme si c'était aussi simple que ça. Qu'il suffisait de claquer des doigts.

J'ai déposé Iris sur le matelas à même le sol, près de son frère et de sa sœur. Stéphane avait râlé sur l'organisation – à croire que nous étions là pour un week-end d'agrément, ou pour fêter Noël. Selon lui il n'y avait aucune chance que Paul se pointe. Il avait coupé les ponts avec son père, quel sens cela aurait-il eu qu'il vienne à son enterrement ? Sa chambre était libre et les deux grands étaient peu ou prou des adolescents maintenant. Ils avaient passé l'âge de dormir dans le même lit, sur un matelas de camping qui plus est, et dans la même pièce que leurs parents pour couronner le tout.

— C'est juste pour une nuit, lui avais-je dit.

— Deux, avait-il rectifié.

— Oui, ben désolée. Désolée que mon père soit mort. Désolée que mes parents ne vivent pas dans un palace comme les tiens...

— Un palace... avait soupiré Stéphane en haussant les épaules. Tu parles d'un palace, tiens. Mais c'est vrai... J'avais oublié que je vivais avec Cosette...

Un instant j'avais cru qu'il allait enchaîner avec son sketch favori. C'était son grand classique dès que nous évoquions nos enfances respectives. Il se mettait à jouer d'un violon imaginaire et me narrait sur un ton moqueur les aventures de la pauvre petite

Claire

Claire dans sa maison de banlieue, si malheureuse malgré sa chambre individuelle et son petit jardin. Pauvre petite Claire avec ses vacances au camping en été pendant que les riches étaient à l'hôtel ou dans leurs résidences secondaires. Pauvre petite Claire qui suçait des glaces à l'eau en regardant les bateaux. Pauvre petite Claire qui n'avait pas les moyens de se payer un blouson Chevignon, un pull Poivre Blanc, des Nike comme les autres... Qui ne bouffait que des trucs de chez Ed ou de chez Aldi tandis que chez les bourges c'était Pépito Coca La Laitière...

— Et ouin ouin ouin, et ouin ouin ouin, concluait-il en me berçant dans ses bras. C'est vraiment trop injuste. En fait, t'as rien à envier à Paul, dans le genre Mimi Geignarde...

Puis il me plantait un baiser sur le front.

Mais cette fois il s'était retenu et la conversation s'était arrêtée là. Peut-être avait-il senti qu'il allait trop loin. Peut-être avait-il remarqué les larmes qui m'étaient montées aux yeux. Il avait toujours du mal à gérer ça. Mon émotivité, ma sensiblerie, comme il disait. Alors que la plupart du temps il me reprochait d'être renfermée, au contraire. J'avais conclu en lui disant qu'il pouvait très bien rentrer dès le lendemain avec les enfants si la question du couchage lui pesait tant. Après tout, leur présence n'était requise que pour l'enterrement. Pour le reste je pouvais très bien me débrouiller seule.

Premier jour

Mon téléphone a vibré dans ma poche. C'était Yann. Il pensait à moi. M'embrassait là, et là, et là aussi. Et me souhaitait bon courage pour demain. Un instant j'ai songé à me réfugier dans la salle de bains pour me caresser en pensant à lui. Mais j'étais trop crevée pour ça. Pour dormir aussi j'étais trop crevée. Je sais ça ne veut rien dire mais j'avais la sensation qu'ôter mes vêtements, enfiler ma nuisette, soulever les draps, repousser le corps de Stéphane, l'entendre grogner, sentir ses mains empoigner mon cul ou mes seins avant qu'il ne se rendorme aussitôt était au-dessus de mes forces. Attendre que le sommeil s'abatte pour de bon m'épuisait d'avance. Me réveiller trop tôt sans avoir pu récupérer me flinguait par anticipation. Je savais que ça allait se passer comme ça. Comment aurait-il pu en être autrement ? Papa était mort. Paul s'était pointé finalement – et une partie de moi s'en réjouissait, quand l'autre en redoutait les conséquences. Contrairement à maman, qui n'avait pas semblé en douter une seule seconde, je n'avais pas misé lourd sur sa venue. Il devait avoir regagné sa chambre à présent. Je n'avais rien entendu mais il avait dû prendre soin de ne pas faire craquer les marches comme quand il vivait ici et qu'il savait se montrer aussi discret et léger qu'un chat ; et c'est vrai qu'il avait toujours eu de faux airs de félin : lui aussi revendiquait son indépendance et ne se laissait approcher que lorsqu'il le décidait.

Claire

Je suis ressortie dans le couloir pour vérifier. Sous la porte de la chambre d'Antoine filtrait un trait de lumière. Il ne dormait pas, lui non plus. Il devait ruminer. Ça faisait des années qu'il ruminait. Chaque fois qu'on se voyait tous les deux il dégoisait sur Paul, mais dès qu'on se retrouvait en sa présence, rarement, de moins en moins ces dernières années, un café ou un déjeuner entre deux rendez-vous de travail dans un bistro à Paris, quand Paul se souvenait, parce que je le lui avais rappelé, qu'il avait non seulement une sœur mais aussi un frère, Antoine se dégonflait et préférait esquiver. Nous parlions d'autre chose. Le plus souvent de rien : nous retrouvions vite nos réflexes, nos vieux gimmicks, nos blagues sempiternelles, et ça suffisait à faire illusion. À nous persuader que le lien n'était pas rompu. Au pire il s'était effiloché et c'était inévitable : nous ne vivions plus sous le même toit depuis si longtemps, n'avions pas emprunté les mêmes chemins, ne fréquentions pas les mêmes milieux. C'était d'ailleurs un mystère pour notre mère : comment trois enfants ayant grandi dans la même famille, ayant reçu la même éducation – bonne ou mauvaise ce n'était pas la question, elle et mon père n'avaient sans doute pas tout réussi, loin de là, elle en avait conscience, mais enfin ils avaient fait comme ils avaient pu, on en était tous là, non ? Chacun faisait ce qu'il pouvait dans l'existence, c'était la grande leçon qu'elle tirait de la sienne, la

Premier jour

vie rendait modeste et c'était très bien ainsi –, pouvaient à ce point se révéler dissemblables ? Je hochais la tête, affichais une moue désolée. Non, moi non plus je ne comprenais pas ce qui s'était passé, comment ça s'était produit, et je préférais ne pas lui faire remarquer qu'aucun de nous n'avait été élevé de la même manière en définitive. Non. Aucun de nous n'avait connu la même enfance. Même pas Paul et moi. Parce que j'étais une fille. Parce que j'étais l'aînée. Et que je n'avais jamais eu la possibilité d'envisager un seul instant de filer autrement que droit.

Je me suis approchée de la chambre de Paul. La porte était entrouverte et la pièce plongée dans la pénombre. Il n'y avait personne. Le lit était parfaitement au carré, comme seule maman, et quelques militaires sans doute, savaient le faire. J'ai allumé. Sur la chaise du bureau en pin patientait un sac de voyage. Une veste en velours côtelé, un pull marinière et un foulard à franges recouvraient le dossier. Je me suis demandé s'il comptait mettre ça demain ; quand il était arrivé j'avais tout de suite remarqué son jean bleu pâle troué aux genoux. J'ai scruté la pièce à la recherche d'une housse de costume, d'un cintre où il aurait suspendu une veste noire, une chemise passe-partout, un pantalon sombre, mais je n'ai rien trouvé. Je me suis assise sur le lit. J'ai regardé les affiches et les photos collées au mur. Papa avait tellement gueulé. Il ne s'était pas fait chier à poser du papier peint pour qu'on le recouvre avec nos chanteurs et nos films à la con. Et puis merde, le scotch allait tout dégueulasser, cette saloperie finissait toujours par se décoller en déchirant tout au passage. Je me suis allongée. Soudain, j'ai songé aux enfants. À ce que je m'apprêtais à leur faire subir. Un divorce. Deux maisons. Une semaine avec Stéphane, une semaine avec moi. Enfin, dans le meilleur des cas. Si Stéphane ne se braquait pas. S'il ne jouait pas au con. Iris était encore si petite. J'ai fermé les yeux. Et je me suis endormie aussi sec, malgré l'ampoule au plafond.

Scène 2

Antoine

J'avais laissé la fenêtre entrouverte. Heureusement que maman dormait. Elle aurait râlé. Surtout qu'elle avait mis le chauffage. Ton frère est si frileux, s'était-elle justifiée quand je lui avais fait remarquer qu'il faisait encore doux pour la saison. Incroyable. Pas un instant elle n'avait douté qu'il se pointerait. Et elle était toujours aux petits soins pour lui. Après tout ce qu'il lui avait fait. Mais ça avait toujours été comme ça. Il avait toujours été celui qu'il fallait protéger. Épargner. Excuser. Paul et sa fragilité. Paul et ses failles. Paul et ses états d'âme. Qu'est-ce qu'elle avait pu me gonfler avec ça. Et moi putain ? Et Claire ? Et elle ? On était fait en quoi ? En béton armé ?

Leurs voix me parvenaient. Je ne saisissais pas tout mais comme d'habitude tout tournait autour de Paul. Et tu l'as aimé, mon film ? Et tu l'aimes, mon nombril ? Et mon ego ? Dis, tu l'aimes, mon ego ? Dis, tu aimes quand je vous couvre de merde ? Parfois je ne savais pas ce que je détestais le plus chez lui. Son égocentrisme, sa brutalité de prédateur. Ou son côté faux cul et sa façon de renverser la charge. Le cinéaste incompris par sa famille, dont on voulait entraver la liberté, qu'on voulait brider. Un jour je l'avais entendu citer je ne sais plus quelle autrice qui préconisait aux écrivains d'écrire leurs bouquins comme s'ils devaient être morts à leur parution. Comme s'ils n'auraient de comptes à rendre à personne. Dans son esprit ça avait l'air de constituer une preuve de courage. La garantie de sauvegarder sa complète liberté de créateur. Personnellement je voyais plutôt ça comme une forme d'insensibilité. De violence. D'impunité. Une excuse bidon pour légitimer l'abus de pouvoir dont se rendaient coupables les artistes qui vampirisaient sans vergogne leur entourage. Parce qu'à la sortie ces connards étaient bel et bien vivants. Et tous ceux qu'ils avaient blessés et qui avaient de bonnes raisons de vouloir leur péter la gueule, aussi.

En fait, je ne les écoutais pas vraiment. Je n'avais pas la tête à ça. Je ne savais même pas comment ils trouvaient la force de discuter de quoi que ce soit, de faire comme si de rien n'était. Merde. Papa était mort, non ? On l'enterrait demain ou j'avais rêvé ? Et après c'est moi qui passait pour un type sans cœur. Mais je suppose que c'est comme ça dans toutes les familles. Que les rôles sont distribués une fois pour toutes. L'aînée responsable et bienveillante. Le cadet instable, avec son tempérament d'artiste.

Et puis moi, le benjamin dynamique, concret, efficace. Performant. Pragmatique.

Ils parlaient en bas sur la terrasse et j'essayais malgré tout de me concentrer et d'aligner quelques phrases pour le lendemain, même si je ne voyais pas comment j'allais réussir à avoir le courage de me lever pour les lire à voix haute le moment venu. De toute façon l'écriture ça n'avait jamais été mon truc. La place était prise, il faut croire. Dans une fratrie, mieux vaut laisser à chacun son terrain d'excellence. Surtout quand on est le dernier. Ce qu'on avait pu m'emmerder au collège, au lycée, avec ma sœur si sage et sérieuse et mon frère si brillant. Qu'est-ce qu'on était censé être après ça ? Un mélange des deux ? Ou ni l'un ni l'autre ?

Je n'arrêtais pas de reprendre. De raturer. C'était tellement frustrant cette manière qu'avaient les mots de s'acharner à ne pas dire ce que je voulais leur faire dire. Papa, sa vie de labeur et puis le repos bien mérité. La capacité de sacrifice de cette génération quoi qu'on en dise, malgré les tonnes de mépris et de déconsidération sous lesquelles on l'ensevelissait de nos jours. Le côté stoïque. Bosser comme une brute sans jamais te plaindre pour que tes enfants ne manquent de rien. Leur offrir une maison, une chambre à chacun, leur payer des études même si c'est vrai que les bourses avaient bien aidé. Essayer de leur transmettre quelques valeurs. Sérieux. Retenue. Autorité. Pour qu'on ne sorte pas trop des rails. Qu'on travaille bien à l'école. Qu'on ne le rate pas, ce putain d'ascenseur social. Par peur aussi, surtout. Qu'on déconne. Qu'on se perde. Qu'on suive la mauvaise pente. Qu'on descende le toboggan au lieu de gravir l'échelle. Et puis à partir de la préretraite, enfin, le droit de penser un peu à soi. Son jardin. Ses balades en forêt. La pétanque derrière la mairie. La télé. Quelques polars. Et ses petits-enfants. Parce qu'il fallait voir le grand-père que c'était. Comme il se mettait en quatre pour leur faire plaisir, aux gamins de Claire. Ils l'adoraient. Et je ne savais pas comment ils allaient réagir quand ils réaliseraient que c'était vraiment fini, qu'il était entre quatre planches maintenant. Et moi non plus je ne savais pas comment j'allais réagir. Depuis plusieurs semaines, depuis que maman m'avait dit que cette fois les docteurs étaient formels, la fin approchait, je crois que j'avais perdu le fil. Au boulot personne ne m'avait trop rien dit, eu égard à mes états de service. Mais fallait pas rêver. Dans ce genre de boîte on ne te laissait pas tranquille bien longtemps. Seuls les résultats comptaient. Et franchement, ça ne me choquait pas plus que ça. Si tu faisais ton boulot sérieusement, tout allait bien. C'était la moindre des choses. C'était pour ça que t'étais payé. Mais si tu tirais au flanc ou que tu déraillais, la porte était là. Il y avait des tas de gens qui n'attendaient que ça, prendre

Antoine

ta place et justifier le salaire qu'on leur verserait, eux. Rien à dire. C'était *fair*.

J'ai essayé une dernière fois d'écrire quelques mots. En vain. Je me suis dit qu'au pire j'improviserais. Dans la boîte, tout le monde me trouvait performant à l'oral. On me répétait souvent que j'aurais pu vendre une côte de bœuf à un vegan. Mais là, à part du chagrin, je n'avais rien à fourguer à personne. Ça oui, j'en avais à revendre. Et puis j'ai entendu craquer l'escalier. En bas il n'y avait plus aucun bruit. Je me suis penché à la fenêtre, la terrasse était déserte. La lampe à huile éteinte. Claire et Paul avaient dû finir par monter. J'ai jeté un œil à mon téléphone. Pas de nouvelles de Sarah. Elle faisait la gueule. J'avais refusé qu'elle m'accompagne et elle l'avait mal pris. Écoute, je lui avais dit, ça fait un an et demi qu'on est ensemble et t'as jamais rencontré ma famille. Tu crois vraiment que c'est le moment de faire les présentations : Ma famille en deuil, mon père mort, voici Sarah qui croit que je ne vous l'ai jamais présentée parce que je ne l'aime pas vraiment, que je ne me projette pas avec elle sur le long terme ou n'importe quel truc dans le style, que lui ont sûrement soufflé ses copines. Je suis sûr que si on l'avait interrogé sur la question, Paul aurait été foutu de sous-entendre que je cachais ma famille à Sarah, comme je l'avais cachée à toutes celles qui l'avaient précédée depuis Lise, parce que j'en avais honte. Honte de mes parents. De la maison et de la ville dans lesquelles j'avais grandi. Alors que c'est lui qui avait un problème avec ça. Je n'ai jamais compris pourquoi, d'ailleurs. C'était quand même curieux, ce truc avec les artistes et les écrivains dans son genre, les « transfuges », comme ils se nommaient eux-mêmes... Cette manie qu'ils avaient de vomir sur l'endroit d'où ils venaient tout en se vantant d'en être issus. Cette survalorisation systématique des attraits et des mérites de la bourgeoisie intellectuelle. Ce dénigrement constant, cette infériorisation méthodique des classes moyennes et populaires. Mais qu'est-ce que j'en avais à foutre ?

J'ai hésité à lui envoyer un texto, et puis je me suis dit que ça ne servirait à rien. Je ne comptais pas m'excuser, ni lui dire que je regrettais de ne pas l'avoir emmenée avec moi. En fait, à mon sens, rien de tout ça ne la regardait. Jusqu'à peu, je n'avais jamais pensé que ça deviendrait si sérieux entre nous. Elle n'avait jamais croisé aucun membre de ma famille. Elle ne connaissait pas mon père. Je ne voyais pas en quoi sa mort la concernait. Ce qu'elle aurait fichu à son enterrement. Je n'ai jamais compris cette manie d'assister aux funérailles de personnes qu'on ne connaît pas, sous prétexte de soutenir les proches. De les réconforter. Personne ne peut faire ça. Soutenir quelqu'un ou le réconforter quand il vient de perdre son père, sa mère, son mari, sa femme, son frère, sa sœur, son enfant. À un moment faut arrêter de se raconter des histoires et accepter que face à ce type de douleur on est toujours seul.

J'ai éteint mon téléphone et je suis sorti de la chambre avec mon papier et mon stylo dans ma poche. Je me suis dit qu'au rez-de-chaussée ou sur la terrasse les mots viendraient peut-être plus facilement. Et qu'au moins il y aurait quelque chose à boire.

Je suis descendu à l'ancienne, en me servant de la rampe. Une seule marche a craqué. Et la réception sur le carrelage de l'entrée n'a pas été trop brutale. Ça a juste fait un bruit un peu sourd, qui a dû suffire à réveiller maman. Elle avait toujours eu le sommeil si léger. Elle ne s'en était jamais plainte, du reste. Ni de ça ni d'autre chose. Quand j'habitais ici, je la croisais souvent la nuit, dans le salon ou la cuisine. Sur la terrasse même parfois, en été.

— Ça va, maman, tu dors pas ? je lui disais.

Et elle se contentait de hausser les épaules.

— Ben non, tu vois bien. Tu me crois somnambule ou quoi ?

— Tu devrais remonter te coucher, tu vas être crevée.

— Oh penses-tu. Ça fait tellement longtemps que je dors mal. J'ai l'habitude. Je ferai une petite sieste dans la journée pour récupérer.

Mais bien entendu je ne l'avais jamais vue la faire, sa fameuse sieste. C'était un petit luxe, une paresse, qu'elle ne se serait jamais autorisés.

Premier jour

Il y avait de la lumière dans le salon. Paul avait dû oublier d'éteindre avant de monter. C'était bien son genre. Le genre à ne jamais se soucier du prix de l'électricité ou de quoi que ce soit. Le genre à n'en avoir jamais rien à foutre de rien. Papa se demandait toujours d'où ça pouvait bien lui venir, une inconséquence pareille. J'ai appuyé sur l'interrupteur avant de me diriger vers la cuisine et j'ai entendu grogner dans mon dos. J'ai rallumé. Paul se tenait près de la chaîne hi-fi. D'où j'étais je ne l'avais pas vu à cause du canapé. Il venait juste de se relever et brandissait un disque à mon intention.

— Ça alors. Qu'est-ce qu'il fout là, ce CD ?
— Ben, c'était à papa. Comme tous les autres.
— Quoi ? Il écoutait ça ?

Un instant j'ai hésité à lui répondre que oui bien sûr, qu'est-ce qu'il croyait, il adorait ce disque. Il pensait peut-être que papa était trop rustre pour écouter Dominique A. ? Ah il était beau, le défenseur des sans-voix, des obscurs, des sans-grade, quand il s'agissait de son propre père. Ah il était beau, le redresseur de torts, toujours prompt à dénoncer le mépris de classe plus ou moins inconscient des uns ou des autres, dès qu'il s'agissait de ses propres parents. Et puis je me suis contenté de lui dire la vérité : régulièrement notre père me demandait de lui acheter tel bouquin ou tel disque parce qu'il avait entendu Paul les citer en interview. Ça devait être une manière de ne pas perdre tout à fait le contact.

Antoine

De chercher malgré tout, même sur le tard, à comprendre son propre fils, dont tant d'aspects lui échappaient. Les goûts. La sexualité. Les opinions. Le mode de vie. Le rapport au travail. À la famille. À l'argent. Et j'en passe. Quant au cinéma, je lui avais refilé mes codes Netflix et Canal. Je lui avais même installé l'Apple TV pour qu'il puisse aussi louer des films en ligne et mater tout ça sur le téléviseur du salon. Là aussi il s'efforçait de regarder les œuvres que son cinéaste de fils portait aux nues. Quitte à s'emmerder ferme, parfois, pas toujours.

— Mais les tiens, ça il pouvait plus. C'était trop dur. Il a fini par arrêter. C'est maman qui a réussi à le convaincre. Même si de son côté elle continuait. Le dernier qu'il a vu, j'étais avec lui. Maman l'avait regardé en douce et elle m'a appelé, elle m'a dit : « Il veut que tu lui amènes le DVD le week-end prochain, quand tu viendras, mais je ne sais pas comment il va réagir. » Ce jour-là, pour la première fois de ma vie, je l'ai vu pleurer. Et quand le film a été terminé, il est allé se coucher et il n'a plus jamais voulu en parler à qui que ce soit.

— C'était lequel ? m'a demandé Paul.

On aurait dit que rien de ce que je venais de lui dire ne l'avait ébranlé. Qu'il ne posait la question qu'à des fins statistiques.

— Celui où tu suicides maman.

— Arrête de dire des trucs comme ça. C'est un personnage. Ça n'a rien à voir avec elle. Ni avec notre père.
— Notre père...
— Quoi ?
— T'es même pas foutu de l'appeler papa...
— Écoute, c'est pas la question.
— C'est quoi la question alors ?
— Toujours la même. Le problème que vous avez avec mes films et mes pièces. Cette obsession de vouloir vous reconnaître dedans alors que ce sont des personnages que je bâtis avec des tas d'éléments empruntés ici et là. Je...
— Oui, oui. C'est ça. « Mais le héros est roux. » Je connais la chanson.

Je ne l'ai pas laissé répondre. Je me suis tiré dans la cuisine pour me servir un verre de vin. Je n'avais pas l'intention de repartir dans ces débats. Je n'avais pas l'intention de remettre une pièce dans le juke-box. Aucune envie qu'il m'inflige une énième leçon de cinéma. Tout son baratin sur la fiction, les personnages. J'ai débouché un côtes-du-rhône. Il était légèrement bouchonné mais tant pis. Je me suis servi un grand verre et j'ai embarqué la bouteille. J'ai ouvert la porte-fenêtre et je me suis écroulé sur la chaise de papa sur la terrasse. Si Paul me rejoignait, il ne pourrait pas s'y asseoir et ce serait toujours ça de pris.

— Comment tu me vois ? je lui ai demandé alors qu'il s'écroulait sur la chaise d'en face.
— Quoi ?
— Qu'est-ce que tu penses de moi ? Comment tu me vois ? Vraiment. Puisque tu dis que je me trompe, que je confonds tout, que c'est pas moi dont il s'agit dans tes films...

Dans l'obscurité je ne distinguais pas bien son visage. La lumière de la cuisine n'éclairait pas jusque-là. Le jardin était plongé dans l'obscurité. On ne voyait presque rien de l'étroit ruban de pelouse et du petit potager que clôturaient deux haies de thuyas et une cloison trouée par un portillon. Paul m'avait raconté un jour qu'à une époque tous les murs qui encerclaient la maison étaient hérissés de tessons. D'après lui, c'était notre père qui les avait posés. Des putains de tessons, l'entendais-je encore s'exclamer, survolté. Je n'en gardais pourtant aucun souvenir. Cette histoire ne m'avait jamais paru crédible. Certains de nos voisins le faisaient, en effet. Personne ne savait à quoi ça pouvait bien servir. Ce qu'ils craignaient. Qui ils croyaient dissuader et de quoi. Mais si c'était vrai malgré tout, quand papa les avait-il retirés ? Et pourquoi ? Qu'est-ce qui l'avait fait changer d'avis ? J'avais inspecté le ciment, une fois. N'avais repéré aucune trace de quoi que ce soit. J'avais fini par me dire que ces tessons n'avaient jamais existé que dans la tête de mon frère. Et dans son cœur peut-être. Un cœur hérissé de tessons, comme le chantait je ne sais plus qui, Murat peut-être. Une bonne définition de Paul à mon avis.

Dans la maison d'à côté, mitoyenne avec la nôtre, parfaitement identique, vieillie prématurément elle aussi, comme tous les pavillons bon marché bâtis à cette époque, une lumière s'est allumée brièvement. Le temps, sans doute, d'aller aux toilettes ou de remplir un verre d'eau au lavabo d'une salle de bains. Un instant, j'ai pensé à la valeur qu'avait prise l'immobilier par ici. Le RER passait dans la ville voisine, ce qui mettait Paris à moins d'une heure, à condition de ne pas avoir à prendre le métro en plus. N'importe quelle bicoque se vendait désormais au prix d'une villa avec vue. Et c'était pire encore depuis les confinements. Je me suis demandé ce que Paul pensait de tout ça. Sa banlieue « morne », « sordide », celle dont il s'était « extrait », comme disaient les journaux, soudain prise d'assaut, et personnellement je comprenais très bien pourquoi. Comme je comprenais très bien que nos parents aient choisi de s'y installer pour nous élever. La maison était dotée d'un petit jardin et située dans une rue calme, pas trop loin du supermarché et des écoles. Il y avait des espaces verts à proximité. Le quartier était sûr et les enfants jouaient librement dans les rues. C'était le paradis. Ça l'avait été pour moi en tout cas. J'avais vécu là une enfance libre et insouciante, une adolescence agitée et joyeuse au milieu des potes, remplie de parties de foot et de soirées alcoolisées dans des caves ou des garages. J'avais embrassé des filles dans les sous-bois. Et puis il y avait eu Lise. Aux dernières nouvelles elle habitait toujours par ici. À la mort de sa mère elle avait emménagé dans la maison de son enfance, celle-là même où nous avions trouvé son père pendu, un jour de décembre. On était ensemble à l'époque. Mais c'est avec Éric qu'elle vivait à présent et je crois que dans cette phrase, il y avait tout ce qu'il faut savoir me concernant. Lise vivait avec Éric et pas avec moi. J'avais raté ma chance, passé mon tour, et depuis je courais après. Ou plutôt je courais dans le vide. Comme un hamster dans sa roue.

— Alors ? j'ai fait pendant que Paul se saisissait de la bouteille. C'est tout ce que je t'inspire ?

Paul a grimacé et je n'ai pas su si c'était sa réponse ou à cause du vin bouchonné. Pourtant il devait avoir l'habitude. C'était typiquement le genre de piquette d'intermittent qu'on vous servait dans les caterings. À une époque je me souviens qu'il m'invitait sur ses tournages. J'y passais une journée ou deux et pour l'essentiel, je m'emmerdais ferme. Mais c'était sympa quand même.

— Je t'ai pas connu tant que ça, au fond, tu sais, il a fini par lâcher. Je veux dire : à part enfant. Finalement on s'est vite perdus de vue, toi et moi. T'avais quoi ? Douze, treize ans grand maximum quand je me suis tiré. Et après ça, quand je rentrais certains week-ends, t'étais toujours fourré avec tes potes. D'ailleurs ça me la coupait que papa accepte que tu les ramènes à la maison. Je le voyais dans son fauteuil, et tout le bordel que vous foutiez, ça n'avait pas l'air de le déranger. Ça le faisait marrer, même, les conneries que vous sortiez. Vos histoires de filles, de collège, de lycée. Les vannes qui fusaient dans tous les sens. Je te voyais à peine, en fait, à l'époque. J'essayais de te faire écouter mes trucs mais ça te gonflait. Pareil pour les films. Et les bouquins, ça t'a jamais intéressé, alors. On ne partageait plus grand-chose au final. T'étais plus branché foot, ordi, gros rock, gonzesses. Que des trucs que je maîtrisais mal. Et puis après j'ai commencé à bosser et toi t'as fait ta prépa, puis ton école de commerce…

— Et ? Ça t'a suffi pour me laisser tomber ? Que je fasse une école de commerce. C'est toi qui m'en as parlé, je te rappelle. C'est toi qui m'as parlé des

prépas et de tous ces trucs. Moi je savais même pas que ça existait...
— Non, c'est pas ce que...
— Laisse pisser. Je m'en branle de toute façon. Et toi aussi tu t'en branles. La preuve. T'es même pas foutu de me dire ce que tu penses de moi. Parce que t'en penses rien. Ou seulement ce qui t'arrange pour pouvoir continuer à jouer aux marionnettes. Mais dis-moi. Juste un truc : ça te fait quand même quelque chose que papa soit mort ?

Je me suis levé sans lui laisser le temps de répondre encore une fois et j'ai traversé le jardin. Le portail a grincé. Dans la rue, un lampadaire grésillait. J'ai marché jusqu'au carrefour. J'ai hésité. D'un côté, l'avenue Henri-Barbusse filait vers les tours, l'étang artificiel et les pelouses miteuses où plus personne ne jouait au foot depuis des lustres. De l'autre on se dirigeait vers le maigre centre-ville, où l'établissement récent d'un Picard, niché entre Le Balto et la pharmacie, témoignait des changements à l'œuvre dans la commune. Quelques jours plus tôt, ma mère m'avait annoncé qu'un Carrefour City projetait de s'établir à la place du marchand de journaux qui avait mis la clé sous la porte depuis trois ans déjà. J'ai opté pour le centre-ville et la mairie, dont le parc était fermé la nuit, ce qui n'avait jamais empêché qui que ce soit d'y aller, même si j'ai toujours eu un doute sur ce que Paul prétendait y avoir fait à une époque. Tout était calme. Dans les maisons tout le monde dormait depuis longtemps, le lendemain on se lèverait tôt pour partir au travail ou à l'école, et au fond je n'avais jamais demandé beaucoup plus à la vie : ces petits déjeuners en famille, ces mots prononcés au moment de se séparer, n'oublie pas ton écharpe, tu devrais prendre un manteau plus chaud, tu as bien ton carnet de correspondance, dépêche-toi tu vas rater le bus, bonne journée, à ce soir, pense au pain en rentrant. Alors pourquoi je freinais à ce point des quatre fers avec Sarah ? Pourquoi au boulot devant les collègues je faisais mine d'être comme eux et de mépriser cette vie-là ? La vie commune. Comme s'il en existait une autre. Comme si quelqu'un avait autre chose d'un peu solide en magasin. Une alternative sérieuse à long terme.

Je me suis enfoncé dans le labyrinthe compliqué des rues pavillonnaires. Dans ce coin de la ville, les maisons cessaient de se ressembler, des jardins clos et soignés les entouraient, et aucune voiture ne circulait sinon celles des riverains. Je n'ai croisé personne. Je me suis arrêté devant le 42 rue Ferdinand-Buisson, comme tant de fois, dix, quinze, vingt ans plus tôt. J'aurais voulu pouvoir sonner, être accueilli par la mère de Lise, et la voir débouler à l'arrière-plan, dévalant l'escalier, figée dans ses seize ans. Son père serait encore vivant. Nous ne l'aurions pas découvert se balançant au bout d'une corde dans la remise alors que nous étions venus y chercher des raquettes de ping-pong. Et nous serions encore ensemble. Même ça, Paul s'en était emparé. Même ça, bien que ça n'ait rien à voir avec lui, qu'il ne connaisse Lise que de loin. Là non plus, il n'avait eu aucun scrupule. Le père pendu dans la remise, je l'avais retrouvé dans un film. Et la fille du suicidé aussi. L'enfoiré.

La maison était plongée dans l'obscurité. Aucune lumière aux fenêtres. Rien qui trahisse une présence, à part la voiture garée dans l'allée. Mais sans doute étaient-ils là tous les quatre : Lise, Éric, leurs deux enfants. Et c'était comme se tenir sur le seuil d'une vie qui aurait dû être la vôtre mais qui vous avait été volée. C'était absurde de penser ça, bien sûr. Vingt ans après, m'accrocher encore à mon amour d'adolescence, me raconter que c'était la seule et l'unique, que je l'avais perdue, que c'était ma faute et que rien ne pouvait rattraper ça... C'était pathétique. J'ai consulté mon téléphone. Sur ma messagerie, un point bleu indiquait que Sarah était en ligne. Elle ne dormait pas, elle non plus. Avec qui échangeait-elle à cette heure ? De quoi parlait-elle ? De moi, de nous deux ? De mes difficultés à me projeter avec elle dans l'avenir ? De ma rétivité à m'engager dans la vie commune ? À lui faire un enfant ? Souvent quand j'avais trop bu je lui répétais qu'elle avait misé sur le mauvais cheval, que ce n'était pas le genre de vie dont je voulais, qu'on était très bien comme ça, que je n'étais pas la bonne personne. Alors qu'au fond c'était l'inverse. Je voulais tout ça mais pas avec elle. Parce qu'elle n'était pas Lise. Pourtant j'avais fini par céder. Sarah allait bientôt avoir quarante ans, elle n'avait plus le temps pour les tergiversations. Elle avait arrêté la pilule et était tombée enceinte presque tout de suite. Et nous nous apprêtions à emménager ensemble. Alors de quoi se plaignait-elle ?

J'ai rejoint la départementale qui filait vers le bois. En lisière, la zone d'activité ne cessait de s'étendre. Elle jouxtait maintenant l'usine où avaient travaillé la plupart de mes oncles et tantes depuis l'âge de seize ans jusqu'à la préretraite. La majorité d'entre eux n'avaient pas eu le temps d'en profiter. Aussitôt après leur mise au repos, le crabe avait entrepris de les grignoter. En arrivant en voiture aujourd'hui, j'étais passé devant le vieux bâtiment. L'usine avait fermé depuis un moment. Restaient les banderoles de protestation et le souvenir de quelques reportages à la radio et dans la presse régionale couvrant la lutte contre la fermeture. Contre quoi s'étaient battus tous ces gens ? L'inéluctable désindustrialisation de la France ? Les délocalisations ? Les pouvoirs publics avaient fait mine de s'émouvoir. La presse de s'indigner. Mais tout ça n'avait aucun sens. C'était perdu d'avance et c'était tant mieux à mon avis. Notre pays était passé à autre chose et il n'y avait rien sur quoi pleurer. Il fallait vraiment vivre le cul dans la soie pour regretter la réalité d'une vie d'ouvrier. OK la solidarité, OK la camaraderie. Mais bordel : l'usure, l'asservissement, l'obéissance, l'abrutissement. Le cancer à cinquante-cinq berges. La retraite en unité de soins palliatifs. Il aurait fallu demander à papa ce qu'il en pensait, tiens. Lui n'avait aucun regret. On changeait d'époque, on était entré dans l'ère des services et de la haute technologie, bientôt tous les ouvriers seraient remplacés par des robots, partout, et c'était le plus bel horizon qu'on pouvait nous promettre. Ça avait tellement énervé papa, cette pièce et ce film que Paul avait faits à l'époque, ces trucs sur les usines occupées, la mobilisation des camarades face au démantèlement de leur outil de travail, le combat des syndicats. De quoi il se mêle ? disait-il. Qu'est-ce qu'il y connaît à tout ça ? Que les gars veuillent sauver leur emploi parce qu'ils ont des bouches à nourrir, je le comprends, mais si on leur filait un boulot bien rémunéré dans un bureau sans qu'ils aient à déménager, je peux t'assurer qu'ils s'en foutraient de la sauver, leur usine. Et je te promets qu'aucun d'entre eux ne souhaite à ses enfants de s'user la santé sur des machines comme ils l'ont fait. S'ils y ont consenti sans moufter, c'est précisément pour ça. Pour que leurs gamins aient la chance de faire autre chose. Et je ne te parle pas de tous ces gens dans les hautes sphères qui nous bassinent avec la sauvegarde du tissu industriel : tous autant qu'ils sont, ils préféreraient crever plutôt que d'imaginer leurs gosses bosser un jour dans un atelier.

Ce qui le foutait le plus en rogne, c'était la façon dont Paul s'était réclamé d'eux, lui et ses frères et sœurs qui avaient bossé en usine. Comme si ça justifiait quoi que ce soit. Comme si ça faisait de lui quelqu'un d'autorisé, de crédible sur la question, alors qu'il n'y avait jamais foutu les pieds. Comme s'il en avait jamais eu quelque chose à foutre de nos oncles et tantes. Quant à papa lui-même, il n'avait passé que quatre ans à la chaîne. À vingt piges il avait bifurqué vers les travaux publics. C'était dur aussi, mais au moins il bossait en plein air. Un jour, il m'avait confié au sujet de Paul :

— La famille, tu sais, il s'en souvient que quand ça l'arrange. Mais ce que j'aimerais surtout savoir, c'est combien il a touché pour faire ses trucs sur la dignité du monde ouvrier.

C'était si rare qu'il s'exprime ouvertement sur son fils. J'avais bien essayé de prolonger la conversation mais il s'était arrêté là, même s'il en gardait sans doute encore pas mal sur le cœur. J'avais senti qu'il s'en voulait déjà de s'être épanché ainsi. Il en avait déjà trop dit. Depuis qu'avec Paul le ton était monté si haut qu'il n'y avait plus eu moyen de revenir en arrière, depuis qu'ils avaient tout à fait coupé les ponts, papa semblait avoir accepté la charge de la faute. « On a pas tout bien fait, c'est sûr. Moi, surtout. » C'était le seul commentaire qu'il s'autorisait sur la question quand elle venait sur le tapis.

Quand je suis rentré à la maison, Paul n'était plus sur la terrasse. Il avait dû aller se coucher. Et bien sûr il n'avait même pas songé à fermer la porte-fenêtre à clé derrière lui. Ça aurait rendu papa dingue. « Avec tous ces types qui rôdent... » D'après mon frère, ça sous-entendait forcément les Arabes et les Noirs à l'époque, mais je pense qu'il avait tort : si notre père se méfiait de tous ceux qu'il identifiait comme des « voyous » ou des « bons à rien », et je concède qu'il lui en fallait peu pour le faire, je ne crois pas que la couleur de la peau ou la religion (de toute façon il les détestait toutes) aient jamais compté pour lui dans ce domaine. Mais ce n'était plus la question, maintenant. Papa ne gueulerait plus jamais en constatant qu'on avait oublié de fermer la porte-fenêtre à clé. Il était mort et reposait dans une boîte en chêne. Demain on l'enterrerait. Il y aurait une cérémonie religieuse. Maman y tenait. Non pas qu'elle soit beaucoup plus croyante que lui, « mais enfin on ne sait jamais », m'avait-elle confié quelques jours plus tôt au téléphone.

J'ai actionné la poignée. La porte-fenêtre s'est entrouverte. Une voix m'a fait sursauter. C'était Paul, une fois encore. Ce coup-ci, il s'était installé sur le canapé du salon.

— Je t'ai réveillé ?

— Non, non. Je dormais pas.

— Qu'est-ce que tu fous là ? Tu serais pas mieux dans ta chambre ?

— Sans doute, mais t'étais sorti et je savais pas si tu avais ta clé. J'ai pas voulu laisser la porte-fenêtre ouverte comme ça sans surveillance.

Je l'ai regardé d'un air dubitatif. Ça ne lui ressemblait tellement pas.

— Non, je déconne. C'est juste que ma chambre est occupée.

— Comment ça ?

— Claire y est. Visiblement, elle a préféré fuir le lit conjugal. L'autre doit ronfler.

— T'as jamais pu le blairer, hein ?

Il a haussé les épaules.

— T'as jamais pu blairer grand monde, remarque.

Je l'ai senti sur le point de répondre du tac au tac comme il faisait toujours, mais il a réfléchi un instant.

— Ouais, il a fini par lâcher. T'as peut-être raison. Mais, à ma décharge, l'inverse est tout aussi vrai.

— Quelle est la cause ? Quelle est la conséquence ? C'est la question à un million. La poule et l'œuf.

— Comment ça ?

— Ben je sais pas. Tu peux blairer personne parce que personne ne peut te blairer ? Ou c'est l'inverse ? Genre : on récolte toujours ce qu'on a semé. À moins que ce ne soit pas lié mais ça m'étonnerait. Tu devrais en toucher deux mots à ton psychanalyste.

— J'ai jamais consulté de psy.

— Ah. J'aurais cru.

— Pourquoi ? C'est quoi ce cliché ? Le metteur en scène qui se couche sur un divan chaque semaine jusqu'à sa mort ?

— Non. Rien à voir. Mais ça t'aurait pas fait de mal, si tu veux mon avis. Moi j'en ai vu un. Ça m'a bien aidé.

Il m'a regardé d'un air étonné. Toujours la même histoire. La tonne de préjugés qu'il avait en magasin. Forcément, je n'étais pas le genre à faire une analyse. Trop concret. Trop pragmatique. Pas assez intello. Il avait raison, ceci dit. Je n'étais jamais allé voir de psy de ma vie. J'avais juste dit ça pour l'emmerder.

— Pourquoi les gens peuvent pas me blairer, d'après toi ?

— Attends... Je blaguais. Enfin... Y a sûrement des gens qui peuvent pas te saquer. Comme tout le monde. Un peu plus que la moyenne, peut-être, parce qu'il faut ajouter ceux qui n'aiment pas tes films ou tes pièces, ou que tes interviews énervent. Et puis les *haters* en général, que ce soit sur la Toile ou au bistro. Ces mecs, de toute façon, dès que t'es artiste, journaliste, animateur ou pire, que tu fais de la politique, ils te détestent par principe. T'es du côté du pouvoir, du pognon, du système, des pourris, que sais-je. Mais bon. C'est comme ça. T'y peux rien. C'est le prix à payer dans le genre de boulot que tu fais. Mais tu t'en fous. Tu les connais pas, ces trouducs. Ce qui compte, c'est tous les autres. Tes proches. Ta famille, tes amis, tes collaborateurs.

— Mouais... Pour ce qui est de mes collaborateurs, je vais te dire, dans ma partie c'est comme partout ailleurs. Que tu sois metteur en scène ou chef de service, t'es le supérieur hiérarchique, le patron ou son représentant, et je peux t'assurer qu'à la cantine personne vient bouffer avec toi... Et pour le reste...

— Quoi : pour le reste ?

— Rien... Laisse tomber.

— Ah... Le retour de monsieur Personne ne m'aime. Personne ne me comprend. Personne ne sait qu'un petit cœur tout tendre bat sous l'armure... Calimero *himself*.

— C'est comme ça que tu me vois ?

— C'est comme ça que tout le monde te voit, gros.

Paul s'est redressé. Puis il a tendu la main pour attraper la bouteille qui se dressait sur la table basse. Ce con n'avait pas mis de sous-verre. Ça allait encore laisser une trace. Une saloperie de cercle indélébile sur le bois imitation acajou. Il s'est servi. En regardant de plus près j'ai vu que ce n'était plus le côtes-du-rhône. Il avait ouvert une nouvelle quille pendant mon absence. Un bordeaux tellement boisé qu'on avait l'impression de boire des copeaux. Trafiqué à mort. Et sans doute bourré de pesticides. Il m'a demandé du regard si j'en voulais. J'ai accepté. Au diable les perturbateurs endocriniens et les cancers à venir. Un instant j'ai repensé à l'interview d'un candidat à la présidentielle que j'avais entendu dans la bagnole en venant ici. Le mec n'avait que le bio à la bouche. Le reste, le chômage, les inégalités, la pauvreté, l'éducation, les Russes, il avait l'air de s'en battre les couilles. Tout ce qui l'intéressait, c'était qu'on aille au boulot à vélo et que nos gamins mangent bio à la cantine. Et il prétendait faire de la politique et avoir les compétences pour redresser le pays ou, à défaut, l'empêcher de tomber trop bas. C'était à se les mordre. Comme tous ces artistes qui avaient troqué leur conscience sociale contre l'écologie, ce qui consistait essentiellement à prendre soin de leur pomme en faisant gaffe à ce qu'ils avalaient, portaient ou se foutaient sur la gueule. Sûr que ça leur coûtait pas grand-chose à part un peu de pognon. Mais j'exagère. Certains faisaient aussi le tri sélectif et buvaient du vin « nature ». De vrais combattants. Les plus radicaux allaient jusqu'à ne plus trop prendre l'avion, maintenant qu'ils avaient déjà fait deux ou trois fois le tour du monde. Paul, il fallait bien le reconnaître, n'était jamais tombé là-dedans, lui. Ça faisait au moins une chose à porter à son crédit.

— Comment ça se passe avec... Comment elle s'appelle déjà ? Sarah, c'est ça ? m'a-t-il demandé.

— Tranquille.

— Tranquille ? C'est pas exactement la définition de la passion amoureuse, ça.

— C'est une expression, Paul. Je veux dire : ça roule.

— Et ton boulot ?

— Arrête, Paul...
— Quoi ?
— Je sais que t'en as rien à foutre, de Sarah. Tu la connais pas, de toute façon. T'as même eu du mal à retrouver son prénom. Et pour ce qui est de mon travail, tu sais même pas ce que je fais exactement.
— Bien sûr que si. T'es dans le... B to B...
— Et ça veut dire quoi ?
— Ben... Business to Business, je crois.
— Et ça consiste en quoi ?

Il a avalé une gorgée de pinard cancérigène en guise de réponse. Il avait l'air d'un gamin pris en faute tout à coup. Je n'ai pas été loin d'avoir de la peine pour lui.

— T'inquiète. Moi non plus je sais pas trop ce que ça veut dire.

Il a pouffé et un peu de vin lui a coulé sur le menton. Il l'a essuyé du revers de la main. J'ai ri à mon tour. Et je ne sais pas. C'est sûrement qu'on était bourrés. Qu'on était au milieu de la nuit. Et qu'on enterrait papa demain. Mais ça a dégénéré en fou rire. Comme ça, sans raison. On n'arrivait plus à s'arrêter. Jusqu'à ce que s'élève la voix de Claire. On ne l'avait pas entendue descendre pour une fois.

— Ben on s'amuse bien ici, on dirait. On enterre quelqu'un ?

Scène 3

Claire

Je pensais m'être endormie la lumière allumée. Pourtant, quand j'ai ouvert les yeux, tout était noir. Qui avait éteint ? Qui était entré dans la chambre ? Maman ? Paul ? Et si c'était lui, où avait-il dormi finalement ? En bas, sur le canapé, comme avant ? Quand il redescendait sans un bruit, une fois les parents couchés, et ne s'endormait qu'après deux ou trois films. Il m'arrivait de regarder le premier avec lui, si je ne me levais pas trop tôt le lendemain, si je n'avais pas de contrôle ni d'examen. Nous nous blottissions sous la couverture multicolore qu'avait tricotée maman ; ça lui avait pris un jour, elle était allée jusqu'au bout et après ça on ne l'avait plus jamais vue avec des aiguilles à la main. Souvent, notre petit frère tentait de se joindre à nous et Paul l'envoyait bouler. Il n'avait pas l'âge de veiller si tard. Et de toute façon, ce n'était pas un film pour lui, il n'y comprendrait rien. Alors Antoine piquait sa crise et faisait en sorte que les parents se réveillent et nous trouvent au rez-de-chaussée devant le téléviseur allumé bien après l'heure du couvre-feu. Papa pétait les plombs et Paul s'en prenait plein la tronche. C'était forcément lui le responsable, comme toujours. Les jours suivants, par mesure de rétorsion, Paul tentait de ne plus adresser la parole à Antoine. Mais il ne tenait jamais longtemps. C'était un gamin si adorable, si affectueux. Qui cherchait notre attention en permanence, nous regardait avec de grands yeux brillants et nous faisait fondre. Et je ne mesure qu'aujourd'hui combien nos départs de la maison, à peu près concomitants, ont dû l'affecter. Un jour il m'avait confié qu'il ne repensait jamais à l'époque où nous vivions tous les cinq à la maison sans être englouti par une nostalgie féroce. Il y songeait comme à un paradis perdu. Un temps où tout allait de soi. Il en gardait un souvenir chaud et tendre. Comment était-ce possible ? Alors que pour Paul, tout avait semblé si glacial. Il avait tant manqué de gestes et de mots. Pour nos parents, je ne l'ai compris que plus tard, seuls les actes comptaient : nous assurer un toit, une éducation, des vêtements, trois repas par jour. Faire en sorte que nous ne manquions de rien. Que nous ayons toutes les chances de notre côté. La tendresse, il fallait en avoir le loisir. Les petites et grandes déclarations, c'était à ranger au rayon des privilèges.

Dans l'obscurité, j'ai entendu s'élever une voix plaintive. C'était la grande. Elle avait ses règles, mal au ventre et cherchait le Spasfon. Elle avait dû inspecter toutes les pièces de la maison avant de me trouver.

— Tu as demandé à papa ?
— Non. Il dort.
— Et moi ? Je faisais quoi à ton avis ?

Emma a haussé les épaules. Elle ne voyait pas le problème. C'était pourtant une adolescente de sa génération, attentive à toutes les formes d'inégalité, pourfendeuse du patriarcat, traquant l'offense jusque dans les blagues les plus anodines. Mais cette conscience aiguë, toujours en éveil, elle la laissait à la porte de la maison, il fallait croire. Que je me tape, en plus de mon boulot, les quatre cinquièmes de la charge domestique n'avait pas l'air de l'empêcher de dormir. Elle participait même activement à l'effort collectif destiné à m'ensevelir en veillant à ne jamais rien ranger, à ne pas savoir lancer une lessive, remplir un papier administratif, se faire cuire un œuf ou trouver un médicament dans la trousse de toilette. Et bien sûr elle prenait bien garde à ne jamais déranger son père pour des détails pratiques de ce genre. Lui n'avait droit qu'aux confidences sentimentales, aux hésitations quant aux choix d'orientation scolaire, aux querelles sur telle ou telle chanteuse, telle série ou tel candidat de telle émission télé. C'était dingue de voir à quel point rien ne changeait en définitive. Ce truc avec les pères. Qu'il ne fallait jamais déranger, irriter, fatiguer, incommoder, contredire – rayez la mention inutile. On en avait tous eu des comme ça. Plus ou moins durs, plus ou moins aimants, plus ou moins chaleureux, mais enfin il y avait toujours cette pellicule de crainte, de respect hiérarchique, de soumission à l'autorité, fût-elle purement intellectuelle. On l'avait tous vécu d'une manière ou d'une autre. On avait tous vu nos mères s'inquiéter de la réaction de leur mari à tout propos. Et suspendre tant de choses à leur avis, à leur autorisation : dépenses, loisirs, vote, décisions de tout ordre, même les plus personnelles, même les plus intimes. Et nous avions tous reproduit. Un peu différemment parfois, mais quand même. Moi-même je l'avais fait. Et ma fille dans la foulée, qui ne voulait pas réveiller Stéphane avec ses « problèmes de fille » pour lui demander où était le Spasfon mais venait me trouver en pleine nuit alors qu'au matin j'allais enterrer mon père. D'où venait que mon sommeil valait moins que celui de Stéphane ? Et mon temps en général. Ma fatigue. Mes avis. Mes opinions. Mes conseils. Mes encouragements. Mes avertissements. Mes réprimandes. Quand je lui gueulais dessus, elle haussait les épaules. Quand Stéphane lui adressait ne serait-ce qu'une petite remarque, elle n'en dormait plus pendant deux jours et s'en voulait de l'avoir déçu. Mais il me fallait être honnête. Stéphane ne l'avait pas volé. Dans son genre,

Claire

c'était un père formidable. Tendre et patient. Chaleureux et drôle. Même s'il y avait longtemps que ses blagues ne me faisaient plus rire.

J'ai repoussé les draps, je me suis levée et je lui ai fait signe de me suivre. La trousse était sur le rebord de la fenêtre de la salle de bains, comme toujours quand nous venions ici, d'aussi loin que je m'en souvienne. Et le Spasfon y était à sa place, entre le Doliprane, le Smecta, le Vogalib, le tube de Biafine, les pansements et le désinfectant. Le kit de base. Le nécessaire de survie où qu'on aille quand on avait des enfants. Encore un truc dont Stéphane n'avait pas à se soucier. Pas plus que de faire les bagages ou d'en ranger le contenu quand nous rentrions chez nous. Marrant qu'Emma, si prompte à s'insurger contre tout, ne s'en soit jamais aperçue. Je lui ai tendu un cachet qu'elle a porté à sa bouche.

— Allez, retourne te coucher, ma chérie.

Elle m'a remerciée du bout des lèvres avant de rejoindre son père et ses frère et sœur dans ma chambre d'enfant. J'ai attrapé mon téléphone. Un instant j'ai hésité à appeler Yann. J'avais tellement envie d'entendre sa voix, là tout de suite. J'avais tellement envie de sentir sa bouche sur ma bouche, mes seins, mon ventre, mon sexe. J'ai regardé l'heure. Il devait dormir. Sa femme près de lui. Avaient-ils baisé avant de sombrer dans le sommeil ? Il m'assurait qu'ils ne le faisaient plus depuis longtemps. Mais c'est ce que disent tous les hommes dans ce genre de situation, non ? « On est encore ensemble mais il n'y a plus rien entre nous. C'est juste pour les enfants. Ça fait des mois qu'on ne se touche plus. » C'était si difficile de vivre en dehors des clichés. Et je nageais en plein dedans. Amoureuse d'un homme marié. Terrorisée à l'idée de quitter mon mari que je n'aimais plus depuis longtemps. Déchirée en songeant que j'allais infliger ça à nos enfants. La séparation, le divorce, la garde partagée. Suspendue à la décision de l'homme que je voyais en cachette, qui attendait le bon moment pour l'annoncer à sa femme et à ses enfants de son côté. Pourquoi ça marchait toujours dans ce sens-là ? Pourquoi c'était moi qui restais suspendue à sa décision alors que nos situations étaient parfaitement symétriques ? Pourquoi je m'infligeais ça ? Parce que j'étais dingue de lui, j'imagine. Parce qu'il me faisait jouir comme personne. Rire, aussi. Et parce qu'on se parlait, quand entre Stéphane et moi le silence avait tout recouvert. Quand entre nous le langage était devenu si rudimentaire, concret, utilitaire. Pratique. J'avais toujours détesté ce mot. Papa l'utilisait tout le temps. Maman aussi. C'était leur viatique. C'est comme ça que Paul avait intitulé sa deuxième pièce : *La Vie pratique*. Elle avait été jouée au théâtre de la Colline. Stéphane m'avait accompagnée pour une fois. Il n'avait cessé de soupirer pendant les deux heures trente de la représentation.

À la fin il avait juste lâché : « Je ne comprends pas comment vous pouvez accepter qu'il vous fasse ça. De quel droit ? » Et je n'avais pas su quoi lui répondre. De quel droit mon frère témoignait-il de ce qui était, même si nous en faisions partie, sa propre vie ? De quel droit la tordait-il à sa guise ? De quel droit mêlait-il la perception qu'il en avait à des choses qu'il inventait ? Il me semblait qu'on pouvait inverser la question. De quel droit le lui interdirait-on ?

J'ai cru entendre rire au rez-de-chaussée. Je suis ressortie de la chambre, me suis postée devant l'escalier, ai tendu l'oreille. Je n'avais pas rêvé. Paul était bien en bas. Il avait dû trouver refuge sur le canapé. Mais il n'était pas seul. J'ai poussé doucement la porte de la chambre d'Antoine. Il n'y avait personne. J'ai allumé la lumière. Les Pearl Jam et les Red Hot Chili Peppers veillaient sur le lit. Sur le bureau traînaient quelques feuilles de papier chiffonnées. Je n'ai pas pu m'empêcher d'en déplier une. Une tentative d'hommage à notre père s'y ébauchait. Puis, après quelques phrases raturées, tout s'interrompait. Laissait place à ces gribouillis qu'on trace parfois sans y penser, en parlant au téléphone ou pendant les cours. Un prénom féminin se répandait un peu partout, écrit d'une dizaine de façons différentes. Lise. J'ai mis quelques secondes à faire resurgir ce prénom de ma mémoire. Bien sûr, Lise.

Sa petite copine au lycée. Son père s'était suicidé. Ça l'avait détruite et Antoine avait paru dépassé. Cette douleur, cette détresse, c'était trop pour lui à l'époque. Il n'était pas armé. Pas assez mûr. Il n'avait que dix-sept ans. Envie de s'amuser avec ses potes. Il avait couché avec une autre fille. Lise ne le lui avait pas pardonné. Comment aurait-elle pu ? Un type, le meilleur ami d'Antoine si je me souviens bien, avait entrepris de la consoler. Un ou deux ans plus tard, Antoine avait tout tenté pour la reconquérir, ils avaient recouché ensemble quelques fois et puis elle était retournée dans les bras de son mec. Je me rappelais qu'un jour Antoine m'avait confié qu'elle vivait toujours dans le coin. J'ai replié la feuille en me demandant ce que pouvait bien signifier ce prénom inscrit à la manière d'un lycéen pathétiquement romantique. Au fond, Antoine et Paul n'étaient pas si différents qu'ils le pensaient. Tous les deux restaient, chacun à sa façon, indéfectiblement scotchés à cette maison, ce quartier, cette ville. Chez eux l'enfance, l'adolescence avaient la peau dure. Le sparadrap du capitaine Haddock.

Je suis descendue les rejoindre. Ils ne m'ont pas vue entrer dans le salon. Je les ai observés un moment, le rire les secouait en spasmes irrépressibles, et ils se frottaient les yeux pour en essuyer les larmes.

— Qu'est-ce qui vous fait rire comme ça ?

Claire

Ils se sont tournés vers moi, hébétés. Ils ne savaient même plus. C'était un de ces fous rires absurdes, provoqués par la fatigue, le chagrin ou l'épuisement nerveux. Je me suis assise près de Paul, sur le canapé, et me suis laissé tomber contre lui tandis qu'il essayait de reprendre ses esprits. En face de nous, Antoine s'est mis à tirer sur sa vapoteuse.

— C'est quoi comme parfum ? lui ai-je demandé. Risotto aux asperges, sardines grillées, blanquette de veau ?

— Presque. Baba au rhum.

— Vraiment ?

— Vraiment.

Et il a craché vers nous un épais nuage de fumée qui sentait le sucre, la fête foraine et la régression. Un instant je l'ai imaginé dans les bureaux de sa start-up, avec le baby-foot, la table de ping-pong, les consoles vidéo, les distributeurs de bonbons, le jargon branché, les anglicismes à la con, la novlangue abêtissante, mais peut-être que je me faisais des idées, que tout ça n'était pas si débile que ça en avait l'air après tout. Sans doute étais-je de la vieille école, de l'ancien monde. Est-ce qu'il valait mieux que le nouveau ? Dans celui où j'évoluais tout se lézardait : les murs, les gens, la santé mentale. Souvent j'avais l'impression que c'était l'hôpital entier qui était voué à disparaître, laissé à l'abandon. On écopait. C'est là qu'on en était, on écopait.

Paul s'est levé et dirigé vers la terrasse. De l'autre côté de la porte-fenêtre, il s'est allumé une cigarette. La flamme de son briquet a éclairé brièvement son visage.

— Je comprends pas ce qu'il fout là, a dit Antoine, soudain redevenu sérieux. Pourquoi il est venu, tu peux me dire ? À quoi ça rime ?

— Tu aurais préféré qu'il s'abstienne ? Qu'est-ce que t'aurais pas dit, alors ?

Antoine a semblé pris au dépourvu. C'était pourtant rare qu'il le soit. Du moins devant moi. Il m'avait toujours paru aussi stable que Paul était bancal, aussi limpide que son frère était trouble, aussi carré que son aîné était tordu. Mais je me trompais sûrement. Personne n'est fidèle à l'image qu'il renvoie. Il n'y avait qu'à voir ce papier que j'avais trouvé sur son bureau. Et son goût du secret pour tout ce qui touchait à sa vie amoureuse. Jamais il ne nous avait présenté la moindre de ses conquêtes. À croire qu'il avait honte d'elles. Qu'il craignait notre jugement. Celui de Paul, en particulier. Chaque fois qu'il m'avait invitée chez lui, sa petite amie du moment était absente. En déplacement. Rentrée dans sa famille pour parer à une urgence quelconque. Ou bien elle avait prévu autre chose. Une soirée entre copines. Un spectacle. Je crois même qu'une fois, l'une d'elles avait perdu deux fois sa grand-mère à six mois d'intervalle. Et alors ? il avait fait. On en a deux, des grands-mères, non ?

En face de moi, il avait fermé les yeux et rejeté la tête en arrière. On aurait dit qu'il était sur le point de s'endormir. Machinalement, je me suis mise à fouiller dans la pile de papiers qui jonchaient la table basse. Quelques jours plus tôt, à l'hôpital, le même tas se dressait sur la table de nuit qui jouxtait le lit de notre père. Maman l'avait transféré sans remettre le nez dedans. Elle n'avait plus la force. Il y avait là quelques journaux, deux ou trois magazines, un vieux polar au papier jauni, des comptes rendus médicaux, des radiographies, un carnet à petits carreaux et le téléphone de papa. Je l'ai allumé. En guise de code de sécurité, j'ai tenté ma date de naissance. Bingo. Tu parles d'une sécurité. Je pouvais parler. Mon propre iPhone ne réagissait qu'à l'anniversaire d'Emma. Mais ça m'a quand même émue. Il y avait là quelque chose d'étonnamment sentimental, qui ne ressemblait guère à ce que nous croyions savoir de lui. À ce qu'il consentait, ou parvenait, à montrer. Il semblait avoir gardé tant de choses coincées à l'intérieur, toutes ces années. Les émotions, les sentiments : il avait tout verrouillé à double tour. Et longtemps ils avaient surgi de façon confuse, brutale, éruptive. Le syndrome de la cocotte-minute.

J'ai navigué un moment dans l'appareil. La plupart des SMS étaient adressés à maman et pas grand monde ne lui écrivait à part elle. Antoine et moi nous servions rarement de ce numéro, si ce n'était pour lui demander s'il avait une idée de ce que maman pourrait souhaiter pour Noël ou son anniversaire – et nous ne doutions pas qu'alors, sitôt la question posée, il la reposerait directement à l'intéressée, et tant pis pour la surprise et les manigances.

J'ai ouvert la collection de photos. Il y en avait très peu et la plupart lui avaient été envoyées par moi. On y voyait principalement mes trois enfants posant devant un bord de mer ou un monument, ou plus simplement dans le jardin, leur chambre ou le salon. Antoine, de son côté, lui en adressait de temps à autre de l'endroit où il séjournait à l'occasion d'un déplacement professionnel ou de ses congés. Principalement des lieux où papa nous avait emmenés en vacances quand nous étions enfants. Les Pyrénées. Le Cantal. La Dordogne. L'Ardèche. Parfois aussi, au gré de ses voyages à l'étranger, une enseigne à notre nom. Un fabricant de montres de luxe à Londres, un magasin de meubles scandinaves à Berlin, un créateur de mode à New York, une boucherie ou un coiffeur à Copenhague. J'ai fait défiler quelques images. Soudain je me suis interrompue. J'ai dû grimacer. Antoine m'a demandé ce qui se passait.

— Rien, rien, ai-je fait en observant les deux photos.

Mais c'était faux, il se passait bien quelque chose. J'ai zoomé et il n'y avait aucun doute. C'était Paul, dans la chambre d'hôpital de notre père. J'ai regardé les dates. La première avait été prise un mois et demi avant sa mort. La seconde trois semaines plus tard. Soit dans ses derniers moments de lucidité, après quoi les soins n'avaient plus été que palliatifs. Quand nous venions le voir, nous nous contentions désormais de veiller un homme qui n'était plus vraiment là, plongé dans un sommeil profond ou le brouillard, amaigri, bientôt squelettique, comme s'effaçant peu à peu sous nos yeux. J'ai examiné longuement les deux photos sous le regard intrigué d'Antoine. Me suis attachée aux détails. La couleur des murs, le modèle du lit, les draps, ce qu'on distinguait par la fenêtre, le point de vue. Il n'y avait aucun doute. Ces deux photos avaient bien été prises par notre père depuis le lit qu'il avait occupé durant les dernières semaines de sa vie. Celui-là même dans lequel il s'était éteint il y avait maintenant six jours.

— Qu'est-ce que tu regardes ? T'as l'air perturbée.
— Ben merde, alors.
— Quoi ?
— Paul.
— Quoi, Paul ?
— Il est venu. À l'hôpital. Il est venu voir papa. Deux fois. Au moins.

Antoine s'est penché par-dessus la table basse et m'a arraché le téléphone des mains. À son tour il a examiné les deux photos, puis il a fait défiler toutes les autres. Je savais ce qu'il cherchait. Des photos de lui. Il était pourtant bien placé pour savoir qu'il n'avait aucune chance d'en trouver. À moins d'en avoir envoyé une lui-même. Et c'était pareil pour moi. Jamais nous n'avions vu notre père se saisir de son appareil pour capturer nos visages inquiets et rongés d'ennui pendant ces heures passées à son chevet où nous cherchions quoi nous dire, où les gestes d'affection n'avaient pas cours parce qu'on ne les avait pas appris, pas même Antoine qui avait pourtant connu des parents plus doux – mais il ne fallait pas exagérer non plus : s'il avait échappé aux cris, aux insultes, aux ordres rageurs et aux coups de pied au cul (combien en réalité ? Paul en dénombrait plus que moi mais je n'étais sûre de rien. Parfois il me semblait que mes souvenirs en la matière étaient sujets à caution eux aussi. Qu'un schéma répétitif avait pu se muer dans mon esprit en un événement ponctuel. Mais l'inverse pouvait tout aussi bien être exact, après tout), jamais non plus, je crois, les épanchements et les étreintes n'avaient été à l'ordre du jour entre mes parents et lui.

— Putain, s'est-il exclamé en relâchant l'appareil. J'y crois pas.

— Tu crois pas quoi ? Que Paul soit venu le voir ? Ou que papa l'ait pris en photo, et pas nous ? Tu savais que maman lui avait apporté le cube, celui qui était dans leur chambre, avec les clichés de leur mariage, de nous enfants et de mes gosses ? Qu'est-ce que tu crois que papa en a fait ? Il l'a rangé dans le tiroir de la petite commode à roulettes, à côté de son lit.

Qu'est-ce qui m'avait pris de lui raconter ça ? Moi-même je ne savais pas très bien quelle leçon en tirer. Si je devais m'indigner, me sentir blessée ou m'amuser du fait que même au seuil de la mort notre père se soit inquiété des apparences, muré dans sa pudeur, et n'ait pas voulu que les médecins, les infirmières ou n'importe quel étranger pénétrant dans sa chambre le jugent mièvre ou sentimental. À moins qu'il n'en ait jamais rien eu à faire de ces photos, tout simplement. Antoine s'est resservi un verre. Dehors Paul a éteint son mégot, l'a écrasé du bout du pied avant de le ramasser et de le fourrer dans un cendrier portatif qu'il avait rapporté du Japon. D'après lui tout le monde avait ça là-bas. Enfin la dernière fois qu'il y était allé, en tout cas. Tout changeait si vite. Les modes, les habitudes. Du moins, c'était la sensation qu'il avait. Personnellement je ne partageais pas cette impression. Tout me paraissait immuable au contraire. Mais il est vrai que nous ne vivions pas tout à fait dans le même monde. Et que nous ne nous attachions pas aux mêmes choses, lui et moi. Son univers était sans doute plus vaste que le mien et il y circulait à grande vitesse, n'en saisissant, me disais-je quand je voulais être méchante, que la surface. Le mien tenait dans un dé à coudre. La maison, l'hôpital, la ville où je vivais et celle où nous passions nos vacances. Paris, de temps à autre. Mais ça me convenait. Je n'avais jamais rêvé d'une autre vie que la mienne. Je n'avais jamais eu d'ambition particulière, sinon celle d'aimer et d'être aimée. Et concernant Stéphane et Yann il n'y avait rien à comprendre de plus. Je n'aimais plus le premier et j'aimais désormais le second. Je n'attendais pas que ce dernier m'entraîne dans une autre vie. Je voulais juste vivre la mienne avec lui. Changer de compagnon de route sans forcément emprunter un autre itinéraire.

Paul nous a rejoints au salon en se frictionnant les bras.

— La vache, ça commence à cailler dehors... Ben quoi ? Pourquoi vous me regardez comme ça ?

— T'es allé voir papa à l'hôpital ?

Il a hésité un instant. Puis a semblé déposer les armes. À quoi bon mentir de toute manière ? J'avais la preuve entre les mains et il le savait certainement aussi bien que moi.

— Oui. Il vous l'a pas dit ?

Je l'ai bien reconnu là. Cette façon d'esquiver les questions en changeant d'angle. Et ça a marché. Ça marchait à tous les coups. Soudain la seule chose qui m'obsédait c'était : pourquoi papa ne nous a pas dit qu'il avait revu Paul ? Pourquoi nous avoir caché que notre frère était venu le voir au moins deux fois ? Qu'ils avaient discuté, s'étaient expliqués peut-être, et pourquoi pas réconciliés ? Et maman ? Pourquoi ne nous avait-elle rien dit elle non plus ? J'ai regardé Antoine et j'ai bien vu à son expression qu'il se posait les mêmes questions. Et ses dents serrées constituaient une partie de la réponse : ils ne nous avaient rien dit parce qu'ils redoutaient la réaction de leur plus jeune fils. Sans doute étaient-ils plus disposés à pardonner que lui. Parce qu'ils étaient des parents et pas des frères. Et que des parents ne pouvaient se résoudre à perdre un de leurs enfants, même si c'était un parfait enfoiré, un sale con, un criminel. La vie était bourrée d'exemples édifiants sur la question. Il suffisait d'ouvrir les journaux ou, mieux, d'écouter parler les gens pour s'en faire une idée.

— C'est lui qui a demandé à te voir ? a demandé Antoine.

— Non. C'est moi. Enfin. Je ne lui ai pas laissé le choix. Maman m'a dit qu'il était à l'hosto, qu'il n'en avait plus pour longtemps. Alors je me suis pointé avant qu'il soit trop tard.

— Ah ouais. Tu t'es dit que ça ferait une super-matière pour ton prochain film ou ta prochaine pièce, je parie. C'est ça, non ? Comme toujours. Tu es incapable de vivre les choses au premier degré. Il faut toujours que tu...

Antoine s'est interrompu brusquement. Comme si ça ne servait à rien de continuer. Que ses mots se heurtaient à un mur.

— Cette fois je vais me coucher, a-t-il déclaré avant de s'y reprendre à deux fois pour se lever.

Premier jour

Il était plus saoul qu'il ne l'avait estimé. Dans l'escalier il a trébuché. J'ai pensé aux enfants et prié pour qu'ils ne se réveillent pas de nouveau. J'ai entendu une porte s'ouvrir et la voix de Stéphane s'élever.

— C'est quoi ce bordel ? Ah, c'est toi. Tu m'as fait peur. T'aurais pu faire gaffe. Y en a qui dorment, ici.

— Ah ouais ? a grincé Antoine. Eh bien y en a qui ont perdu leur père, ici, je te signale. Bouffon. Ça m'étonne pas que Claire en ait marre de toi, tiens…

Sur ce, une porte a claqué et j'ai compris qu'Antoine avait regagné sa chambre. Je me suis demandé d'où mon frère avait sorti un truc pareil, si sous l'effet de l'alcool j'avais lâché des indices sans m'en rendre compte, et si Stéphane allait descendre pour savoir ce que c'étaient que ces histoires : comment ça j'en avais marre de lui, qu'est-ce que j'étais allée raconter à mon frangin, qu'est-ce qui se tramait dans son dos, je voyais un autre homme, c'est ça ? Un type à l'hôpital ? Un chirurgien ? C'était ça ? Le cliché parfait ? L'infirmière en chef et le chirurgien qui roule en BM ? Il roule même pas en BM et il est anesthésiste, ai-je pensé en menant un dialogue imaginaire tandis que rien ne se produisait. Stéphane devait être retourné se coucher. On parlerait de tout ça demain ou jamais. Plus tard, en tout cas, s'il avait un minimum de tact et se souvenait qu'effectivement, comme Antoine l'y avait invité, nous étions ici parce que papa était mort.

— Moi aussi je vais aller me coucher, a fait Paul.
— Tu veux pas me raconter ?
— Te raconter quoi ?
— Comment ça s'est passé avec papa.
— Y a pas grand-chose à dire, tu sais. On n'avait pas les mêmes souvenirs, lui et moi. Je suppose qu'au fil du temps, chacun a réarrangé les choses à sa sauce. J'ai peut-être tout exagéré. Mais de son côté il n'a jamais arrêté de tout minorer. Et à l'arrivée l'écart n'a fait que se creuser. La distance s'est encore accrue. C'est le problème avec les mots. On croit qu'ils vont nous rapprocher. Gommer le malentendu. Mais ils ne cessent de souffler sur les braises au contraire.
— Épargne-moi tes théories fumeuses, tu veux. Je ne te demande pas un commentaire de texte. Juste : comment ça s'est passé ? Qu'est-ce que vous vous êtes dit ?
— Pas grand-chose. Tu sais comment était papa. Ça n'a jamais été un grand bavard. Alors, je sais pas. On a parlé de tout et de rien. Comment il se sentait. Où il avait mal. Ce que disaient les docteurs. Le temps qu'il faisait. Il m'a donné des nouvelles des cousins, des cousines. Enfin : des nouvelles... des trucs très factuels. Machin a encore perdu son job. Machine et truc ont divorcé. Bidule a eu un enfant. Trucmuche s'est fait opérer d'une tumeur.

— Maman était là ?
— Quand ça ?
— Quand vous vous êtes vus.
— Oui. Enfin… au début et à la fin. Elle voulait nous laisser seuls tous les deux, je crois. Nous donner une chance de nous parler. Tu la connais. Elle ne l'a pas dit directement, mais comme par hasard elle a eu très envie d'un thé tout à coup. Et elle n'est revenue qu'une heure et demie plus tard. Soi-disant qu'elle avait rencontré une ancienne voisine à la cafète.
— Et… C'est tout ? Vous ne vous êtes rien dit d'important ? Il n'y a pas eu…
— Pas eu quoi ? De tentative de réconciliation ? Sur le lit de mort du père. La grande scène du pardon mutuel avant le grand saut ? Non. Rien de ce genre. Il m'a pris en photo. Deux fois. J'ai posé ma main sur son épaule. Et il m'a souri. Voilà. C'était ça, la grande scène. Et je ne sais même pas pourquoi elle s'est jouée. Rien de ce que nous avions à nous reprocher mutuellement n'avait changé. Mais il m'a pris deux fois en photo. J'ai posé ma main sur son épaule. Et il m'a souri. Je ne sais pas ce que tout ça a signifié. Une forme d'acceptation, je suppose. Une façon de dire : ça s'est passé comme ça entre nous. Mais au moins quelque chose s'est passé. Quelque chose a eu lieu. Nous avons été un père et un fils. Et nous l'avons été de cette manière-là. Ça aurait pu être mieux. Ça aurait pu être pire.

Mais nous avons eu une histoire. Et elle nous appartient. Allez, grande sœur. Il est vraiment tard. Tu devrais essayer de dormir maintenant. Une longue et rude journée nous attend, comme on dit...

— C'est marrant.

— Quoi ?

— Cette manie que tu as de toujours dire : comme on dit. Antoine n'a pas tout à fait tort. Tu ne vis jamais les choses au premier degré. Jamais complètement.

— Peut-être. Mais là où il se trompe, c'est que je n'y peux rien. C'est pas parce que je fais des films que je suis comme ça. C'est parce que je suis comme ça que je fais des films. Pour réduire un peu la distance. Traverser le filtre. Déchirer le voile.

J'ai fait celle qui jouait de la flûte en l'écoutant pérorer et il a souri.

— Et après c'est moi qu'on accuse de vivre au second degré... Allez, bonne nuit. Enfin... pour ce qu'il en reste.

— Comme on dit...

— Oui. Comme on dit...

Paul a regagné sa chambre et cette fois, les marches ont craqué, comme si c'était un homme alourdi qui les montait soudain. De quel poids ? me suis-je demandé. Puis j'ai attrapé un plaid et je me suis roulée en boule sur le canapé.

Scène 4

ANTOINE

J'ai consulté mes mails avant de me mettre au lit. Édouard m'en avait adressé un à une heure trente. Le dîner avec le prospect s'était bien passé. Évidemment, mon absence avait rendu les choses un peu acrobatiques, ce n'était ni son dossier ni son rôle, mais enfin il pensait s'en être plutôt bien sorti. Pouvait-il compter sur moi pour la présentation après-demain, par contre ? J'ai relevé le « par contre ». J'avais bien noté son embarras quand je lui avais expliqué que je ne pourrais pas être là parce que j'enterrais mon père. Il avait quand même tenté le coup. L'enterrement c'était le lendemain, non ? Et c'était à quoi, une heure et demie de Paris ?

— Ça commence à quelle heure ? il m'avait demandé.

— Onze heures, je crois. Mais je veux être avec ma mère et ma sœur la veille au soir.

À voir sa tête, j'aurais aussi bien pu lui parler chinois. Enfin non, justement. Ce n'est pas la

bonne formule. Vu qu'Édouard le parle couramment
– selon lui il faut être totalement demeuré pour ne
pas apprendre le chinois dans le monde d'aujourd'hui,
ce devrait être obligatoire, comme l'anglais. Toujours est-il qu'il avait fait mine de ne pas comprendre
pourquoi je tenais tant à être avec mes proches la
veille au soir. Et surtout en quoi ça pouvait justifier
que j'annule un dîner crucial avec un prospect si
prometteur, que je travaillais depuis des mois, et qui
constituait un gros enjeu pour la boîte.

— OK mais tu déconnes pas, hein, avait-il fini
par concéder. Tu es là pour la présentation. Tu ne
me fais pas faux bon. De toute façon, tu sais, le
meilleur moyen de se remettre d'un deuil, c'est de
se replonger tout de suite dans l'action.

J'avais hésité à lui conseiller d'aller se faire cuire le
cul, mais j'avais fini par acquiescer et renoncé à mes
plans originaux : rester aussi le lendemain de l'enterrement, et le week-end qui suivrait tant qu'on y était.
Bien sûr qu'il pouvait compter sur moi, ce connard.
Avec sa sensibilité de bulot et sa positivité de merde.
Son foutu dynamisme. Et ses conneries paternalistes
sur le souci qu'il se faisait soi-disant du bien-être de
ses employés : pas d'horaires imposés, des espaces
détente à foison, de la convivialité en veux-tu en voilà,
des séminaires ultra-festifs pour entretenir l'esprit
d'équipe et la cohésion. En échange de quoi nous
étions cordialement priés d'être corvéables à merci.

ANTOINE

J'ai cliqué sur l'icône « rédiger un nouveau message ». Une fenêtre s'est ouverte. À la rubrique destinataire j'ai entré l'adresse de Lise. Depuis le temps, il y avait peu de chances pour que ce soit toujours la bonne. Mais je lui ai quand même écrit quelques mots. Mon père venait de mourir et j'étais dans le coin pour l'enterrement, je comptais revenir ce week-end pour m'occuper de ma mère (pourquoi avais-je écrit ça ? Par quel processus étrange d'infantilisation ? Comme si ma mère avait besoin qu'on « s'occupe » d'elle ? J'ai effacé et remplacé par « être auprès de »). Si d'aventure elle avait un peu de temps libre, ça me ferait plaisir de la voir. J'ai relu et mesuré combien tout ça puait le chantage affectif. Combien la démarche était vouée à l'échec aussi. Qu'est-ce qu'elle en avait à foutre de moi ? Elle avait Éric. Deux enfants. Une vie dont j'étais absent depuis des années. J'avais laissé passer ma chance, il y avait déjà longtemps, et ce n'était un regret pour personne, à part moi. De son côté, elle ne devait jamais penser à moi. J'ai tout effacé et j'ai refermé l'ordinateur. Je me suis allongé sur le lit. Et soudain j'ai senti la tristesse m'envahir. Une tristesse lourde comme du plomb. C'était comme ça depuis six jours. Ça s'abattait par vagues. Des litres d'eau qui m'engloutissaient sous l'impact, me noyaient, m'asphyxiaient. J'ai repensé à Édouard et à ses conneries sur le deuil. La résilience en trois jours. La mort du père pour les nuls. S'il y avait bien un domaine (et c'était l'un des rares à mon avis) où je ne croyais pas au « quand on veut on peut », c'était bien celui-là. J'en avais eu la preuve quand Lise avait perdu le sien. J'étais aux premières loges. J'avais vu de mes yeux ce qu'étaient le vrai saccage, la douleur la plus crue, la gueule ouverte. Et j'avais l'impression de perdre le mien sans arrêt depuis des mois déjà. Comme s'il ne cessait de mourir encore et encore. Ça avait commencé par le verdict des médecins. Ça avait continué avec l'hospitalisation. Puis la perte de conscience. La sédation. Les soins palliatifs. Le décès lui-même. Demain ce serait l'enterrement. Et ça continuerait comme ça pendant des jours, des mois, des années. Je le perdrais de nouveau chaque fois que je me souviendrais qu'il était mort. Chaque fois que j'y repenserais après l'avoir oublié pendant quelques heures. Chaque fois qu'il me faudrait me le répéter pour l'intégrer. Chaque fois que je réaliserais qu'il ne serait plus jamais là. Et que c'était définitif. Sans recours.

Dans le couloir, j'ai entendu des pas. La lumière s'est allumée. J'avais laissé ma porte ouverte et j'ai vu passer ma mère, à moitié endormie, flottant dans sa chemise de nuit. Elle devait se rendre aux toilettes. Nos regards se sont croisés.

— Tu ne dors pas ? elle m'a demandé.

J'ai haussé les épaules en guise de réponse.

— Et toi ?

Elle a agité la main sur le mode couci-couça.

— Ton frère est arrivé ?
— Oui. Il est dans sa chambre.

Son visage s'est soudain illuminé. Ça m'a tellement gonflé de la voir s'éclairer comme ça parce que son fils aîné était là. J'ai eu envie de l'étrangler.

— Tu vois ? m'a-t-elle lancé comme on fait la leçon à un enfant déraisonnable. Je t'avais dit qu'il viendrait. J'en étais sûre.

— Pourquoi tu nous as pas dit qu'il était venu voir papa ? j'ai lâché d'une voix plus sèche que je ne l'aurais voulu.

Maman a reculé d'un pas. J'ai bien vu qu'elle était sur la défensive.

— Quoi ? De quoi tu parles ?
— Maman. Arrête...
— Quoi : arrête ? Il vous en a parlé ?

J'ai acquiescé et elle a secoué la tête.

— J'ai... j'ai oublié, c'est tout. Tout a été tellement... Ces derniers temps... Je n'y ai pas pensé. Ça m'est sorti de la tête. Et puis, c'était entre eux, tout ça. Ça ne regardait qu'eux. Ça n'a rien à voir avec vous. Mais on en reparlera plus tard si veux bien. Il faut dormir, maintenant. Et moi je vais aller me recoucher.

Elle a fermé ma porte pour clore la discussion. Quelques minutes plus tard, je l'ai entendue regagner sa chambre. Et j'ai pensé au nombre de fois où sur tant de sujets elle m'avait dit « on en reparlera plus tard si tu veux bien ». Je le voulais bien, en effet. Mais plus tard ne venait jamais. Avec elle comme avec papa, il fallait toujours se contenter de bribes, d'allusions, de demi-mots, de silences entendus. Et en général je m'en accommodais. J'étais fait du même bois. Claire aussi. Il n'y avait que Paul qui avait le goût des grandes confessions, des épanchements, des considérations psychologico-sentimentales. Du moins dans ses films ou ses pièces. Dans la vie c'était une autre histoire, me semblait-il. La plupart du temps il me paraissait froid, distant, laconique. Dans l'évitement. Mais j'étais sans doute mal placé pour juger. Il avait raison, au fond. Nous nous connaissions si peu. Nous en étions restés à ces week-ends où, étudiant, il rentrait encore. Et déjà, nous avions commencé à nous perdre de vue. Mais je n'en avais pas vraiment conscience à l'époque. Oh comme je les attendais, ces jours qu'il daignait passer avec nous. Et c'était mieux encore quand Claire était là elle aussi. Durant quelques heures tout était comme avant. C'était comme s'ils ne m'avaient jamais abandonné. Paul toquait à ma porte et s'asseyait sur mon lit tandis que j'étais à mon bureau occupé à mes devoirs. Et il me parlait pendant que je faisais semblant de plancher. Je buvais ses paroles. L'écoutais me raconter cette vie qu'il vivait loin d'ici, loin de moi. Les rencontres qu'il faisait. Les endroits qu'il fréquentait. Les derniers films, les dernières pièces, les derniers concerts qu'il avait vus. Les livres et les disques qu'il me conseillait même si nous n'avions pas les mêmes goûts. Les anecdotes. Patrice Chéreau, qu'il avait suivi dans la rue sans oser l'aborder. Catherine Deneuve, qu'il avait aperçue dans le public de l'Odéon, au balcon, alors que lui était perché tout là-haut, au poulailler. Je l'écoutais parler et ça ne m'intéressait pas tant que ça, tous ces trucs, pour tout dire ça ne me faisait pas spécialement rêver, mais j'étais content pour lui. Et surtout nous étions ensemble et il me parlait. Puis c'était mon tour et il m'écoutait avec attention, me conseillait quand j'en avais besoin, m'encourageait, se foutait de ma gueule. Comme un frère. Au bout d'un moment nous finissions par rejoindre Claire, qui bavardait avec les parents au rez-de-chaussée. Ensemble nous dressions le couvert. Puis nous passions à table. Tous les cinq. Comme avant. Comme depuis toujours.

Assez vite, les visites de Paul s'étaient mises à s'espacer. Et j'étais peu à peu sorti du cercle de sa vie. Bientôt je n'y avais plus figuré qu'en lisière.

J'ai rallumé mon ordinateur. De nouveau, j'ai écrit à Lise. Cette fois, j'ai cliqué sur « envoyer ». Après tout, que mon père soit mort ou non, elle ne me devait rien. Elle n'avait aucune raison de s'obliger à quoi que ce soit. Et tout l'éventail des excuses disponibles s'ouvrait à elle. J'ai éteint la lumière. Mon téléphone s'est aussitôt illuminé, signalant qu'un mail venait de tomber. C'était elle. Elle avait répondu dans la seconde. Je n'ai pas pu m'empêcher d'y voir un signe. Bien sûr elle serait heureuse de me croiser ce week-end. Et me présentait ses sincères condoléances. Je me suis demandé ce qui pouvait bien la pousser à répondre aussi vite, comme ça, en pleine nuit. Que faisait-elle éveillée à cette heure, rivée à son ordinateur ou à son téléphone ? Rentrait-elle d'une fête, d'un dîner ? S'était-elle juste levée pour boire un verre d'eau sans pouvoir s'empêcher de jeter un œil à son portable, comme nous le faisions tous, nous attendant à quoi, guettant quel signe dans le silence de la nuit ? Était-elle insomniaque ? Anxieuse ? En proie au doute ? Malheureuse ? J'ai pensé à Sarah et à l'enfant qu'elle portait désormais. J'y avais consenti du bout des lèvres mais j'avais de plus en plus l'impression de m'être fourvoyé dans une vie qui n'était pas la mienne. D'avoir enfilé les vêtements d'un autre. Je n'avais pas prévu que tout aille si loin. Ce n'était pas avec elle que je m'étais imaginé fonder une famille un jour. Ce n'était pas ce genre de famille que j'avais espéré. Jamais même je n'avais pensé que nous finirions par nous installer ensemble. L'emménagement était prévu le mois prochain. Nous avions visité l'appartement deux jours avant la mort de papa. Il n'était pas trop mal et nous avions déposé un dossier, même si au fond il ne plaisait vraiment ni à l'un ni à l'autre. J'aurais voulu un de ces grands trucs lumineux avec terrasse et baies vitrées qui surplombaient le parc Martin-Luther-King aux Batignolles, un immeuble moderne tout en verre, bois et béton brut, j'aurais voulu des arbres, des lignes claires, du ciel et des plans d'eau, le genre d'endroit où l'on se sentait partout et nulle part. Où l'on pouvait se croire aussi bien à Paris qu'à Londres, Berlin ou Oslo. Elle aurait préféré l'immeuble parisien typique, le parquet, les moulures. Des poutres, même, tant qu'on y était. C'est en apprenant qu'elle était enceinte que nous nous étions décidés à sauter le pas. Ou plutôt qu'elle m'avait convaincu de le faire. Selon elle, ça ne rimait plus à rien le chacun chez soi maintenant qu'un bébé se profilait. Mais il n'était pas question qu'elle s'installe chez moi. Elle trouvait mon appartement trop froid, impersonnel, et puis il n'était pas adapté, il aurait fallu tout casser et recomposer, tout massacrer pour caser une chambre d'enfant. Et je détestais le coin où elle vivait. Elle avait insisté un peu, ce serait un crève-cœur pour elle de quitter ces rues, ces gens. Je ne voyais pas de quoi elle parlait exactement. Son quartier était tellement glauque, tout y était moche et crade... Mais elle prétendait en aimer le côté « populaire ». J'avais hésité à lui demander de préciser : c'était quoi son délire ? C'était comme une distraction pour elle, de voir des vrais gens en vrai ? Ça soulageait sa mauvaise conscience d'héritière de vivre au milieu des pauvres ? Ça lui renvoyait une image flatteuse d'elle-même d'avoir des voisins arabes ou noirs, même si les seuls à qui elle parlait, c'étaient son marchand de fruits et sa femme de ménage ? Mais je m'étais juste permis de lui dire :

— Tu sais, si tu les kiffes tant que ça, ces quartiers populaires, abstiens-toi de t'y installer. Parce que c'est des bouffons comme nous qui les faisons disparaître. Ça a un nom, tu sais : la gentrification. À cause de nous, un jour ou l'autre, tous ces gens seront forcés d'aller voir ailleurs. Et même s'ils restent, tu crois que ça les amuse qu'on ouvre deux cavistes, trois fromagers affineurs, dix maraîchers bios et deux restos « bistronomiques » en bas de chez eux, à la place de leurs tout à dix balles ? Et ils en pensent quoi à ton avis de la déco branchée des troquets refaits à neuf maintenant qu'ils ne s'y sentent plus les bienvenus et que le café est à trois euros ? Non vraiment, abstiens-toi. Surtout si c'est pour finir par foutre nos gamins dans le privé, histoire d'être bien certains qu'ils ne se mélangent pas avec les enfants de ceux qui le rendent si « populaire », ton foutu quartier. Surtout si c'est juste pour pouvoir se raconter qu'on vit dans un coin resté « dans son jus », qu'on ne s'est pas trop « embourgeoisés » alors qu'en définitive, on ne fréquente que nos semblables.

Elle n'avait pas compris comment je pouvais dire « nous ». Elle d'accord, peut-être. Mais moi : je venais d'un milieu populaire, justement.

— Peut-être, je lui avais répondu, mais vu les études que j'ai faites, vu le pognon que je gagne, vu mon mode de vie, ça serait malhonnête de prétendre en faire encore partie. Je laisse ce genre de conneries à Paul. Et puis c'est un peu comme ces mecs blindés qui s'habillent comme des clodos. Jouer à avoir l'air plus pauvre qu'on ne l'est, je trouve ça indécent.

Oui j'ai pensé à tout ça, l'appartement, la vie commune, le couple que nous formions, et j'ai senti la panique m'envahir. Qu'est-ce que je foutais, merde ? Dans quoi je m'étais fourré ? Comment on freinait ? Où était la marche arrière ? C'était quoi le protocole ? Appeler l'agent immobilier et lui dire que nous avions changé d'avis ? Arrêter les frais ? Rompre ? Ouais, c'est ça que j'allais faire. J'allais rompre avec Sarah. Bien sûr, passé le choc, il me faudrait la raisonner, la calmer, la rassurer. Mais ce serait mieux pour tout le monde, non ? Pour elle. Pour moi. À quoi bon vivre dans le mensonge et la tiédeur ? Ce serait mieux pour l'enfant aussi. Après tout, il ne serait ni le premier ni le dernier à grandir ainsi, une semaine chez son père, une semaine chez sa mère. Il ne serait pas le seul à n'avoir jamais connu ses parents en tant que couple. C'était même de plus en plus fréquent. Mieux valait des parents heureux séparés que malheureux ensemble. Tout le monde le disait. De toute façon aucune configuration ne garantissait le bonheur ou l'équilibre. Aucun modèle n'avait fait ses preuves. La formule « un papa une maman tout le monde sous le même toit » fabriquait son lot de névroses, de blessures, de rancœurs. Il suffisait de nous regarder, mes parents, mon frère, ma sœur et moi. Et encore. Il y avait bien pire. Bien bien pire.

J'ai fermé les yeux. J'ai essayé de me calmer. Je déconnais à plein tube, j'en avais conscience. Qu'est-ce qui m'arrivait ? Ça devait être l'alcool. La mort de papa. Lise. Je me suis enfoui sous la couette, comme je le faisais quand j'étais gosse. Longtemps, j'avais été incapable de m'endormir autrement. Même à l'adolescence. Maman s'en inquiétait à l'époque, se demandait comment je faisais pour ne pas étouffer, prétendait que la chaleur était mauvaise pour le sommeil ; d'ailleurs la nuit avec mon père ils coupaient toujours le chauffage, même en plein hiver. Je la regardais en me marrant à moitié quand elle me sortait ce genre de discours.

— Pourquoi tu souris comme ça ? me demandait-elle.

— Ben... tes conseils sur le sommeil... Si tu veux... Vu comme tu dors mal...

— Mais moi c'est pas pareil. Moi j'ai des soucis. Des sujets d'inquiétude. Tu verras quand tu auras des enfants. Tu verras. S'inquiéter, on ne fait plus que ça. Tout le temps. Même la nuit. Même pendant qu'on dort. D'ailleurs on ne dort plus jamais vraiment. Et ça ne s'arrête jamais. Même mainte-

Antoine

nant que vous êtes grands. Même quand vous ne vivrez plus ici. Que vous n'aurez plus besoin de moi. Je continuerai à m'inquiéter. Parce que vous êtes mes enfants, tu comprends. Quoi que vous fassiez, vous resterez mes enfants.

J'ai glissé dans le sommeil sans même m'en rendre compte.

Acte II

Deuxième jour

Scène 1

CLAIRE

Paul est descendu vers huit heures. Les yeux rouges et bouffis. Le visage gonflé. Les cheveux humides plaqués sur le crâne. Il ne ressemblait à rien. La douche n'avait pas suffi à lui redonner forme humaine.

— T'as quand même un peu dormi ? lui ai-je demandé.

Pour toute réponse, il a grimacé en désignant la bouteille qu'il tenait entre ses mains : il l'avait terminée seul dans sa chambre pendant la nuit.

Je l'ai regardé la déposer dans la poubelle réservée au verre, embrasser mes enfants, puis tendre la main à Stéphane. Celui-ci l'a saisie avant de se lever pour mettre son assiette et sa tasse au lave-vaisselle.

— Bon, moi je vais me doucher.

Il faisait toujours ça quand Paul était dans les parages, il passait son temps à l'éviter.

— Je sais pas, il me met mal à l'aise, m'avait-il avoué un jour. Il a ce côté... trop intense. Comme s'il était incapable d'être un peu normal, ne serait-ce qu'une seconde. De parler de trucs ordinaires. Et puis il doit me prendre pour un con. De toute façon, il prend tout le monde pour des cons.

Stéphane s'est engouffré dans l'escalier et l'a grimpé d'un pas lourd. Le bois a hurlé à la mort. On aurait dit qu'il allait rompre. Un instant j'ai imaginé mon mari passer au travers et disparaître sous les décombres.

— Il dort encore, le petit frère ? m'a demandé Paul.

— Non. Il est parti courir. Il avait besoin de se défouler. Et d'éliminer les toxines.

— Courir ? Pff… Rien que le mot me fatigue.

— Ouais, ben ça te ferait peut-être pas de mal de t'y mettre. T'as un peu forci ces derniers temps.

Paul a surjoué le type offusqué. Agrippant la petite bouée qui gonflait sa taille il s'est tourné vers mes enfants et les a pris à témoin. Qu'en pensaient-ils ? Leur vieil oncle pédé se laissait-il aller ? Emma a semblé gênée. Le mot pédé était proscrit de son vocabulaire. Sacha, lui, avait l'air hésitant. Avait-il le droit de sourire ? Devait-il absolument se prononcer ? Je les ai délivrés en leur ordonnant de filer se préparer. Leurs vêtements les attendaient près du lit. Je les ai sentis se tendre. Ils m'ont fait pitié, soudain. Ils étaient si tristes. Perdus. Anxieux face à la journée qui s'annonçait. Ils redoutaient la cérémonie, les discours. Ils redoutaient de voir le cercueil. De le regarder descendre dans le trou. Ils redoutaient les pelletées de terre. C'était leur premier enterrement. Et ils aimaient tellement mes parents. Ils les aimaient même plus que ceux de Stéphane. Un jour j'avais dit ça à Paul et ça l'avait estomaqué. Il avait croisé mes beaux-parents à deux ou trois reprises et ils lui avaient fait l'effet de gens chaleureux, ouverts, amicaux. Et puis c'était un couple cultivé, qui s'intéressait à la littérature, à la musique, au cinéma, au théâtre. Ils avaient tout pour lui plaire. Difficile d'intégrer que mon mari puisse être vraiment leur fils.

— Peut-être, avais-je répliqué. Mais ce sont surtout des gens qui s'adorent plus que tout.

— Comment ça ?

— Ils ne sont pas méchants, ils ne pensent pas à mal, mais ils se préfèrent à tout au monde. Dans leur famille, tout tourne autour d'eux. En tant qu'individus. Et en tant que couple. Ils ont toujours préféré leur couple à leur famille. Ils se sont toujours préférés l'un l'autre à leurs enfants. Et ils s'aiment eux-mêmes plus que quiconque. Il faut les fréquenter un peu pour s'en apercevoir, mais ils ne parlent que d'eux en permanence. Ils passent leur temps à s'auto-congratuler, à se parer de mérites et de vertus diverses, à se mettre en scène, à s'exagérer, à se grandir, à peaufiner leur propre mythe. Leur générosité, leur tolérance, leur culture, ils les arborent comme des bijoux, pour l'image que leur renvoient les miroirs. Ils affichent leur ouverture d'esprit et leur bienveillance comme d'autres leur radicalité, leur penchant pour le complotisme ou leur colère : par pur narcissisme. Et puis ils ramènent toujours tout à eux. Fais l'expérience un jour. Parle-leur d'un truc très personnel, que toi seul as pu expérimenter, ils ne te laisseront pas finir et te diront « moi c'est pareil » avant d'enchaîner sur une histoire qui n'a rien à voir avec ce que tu étais en train de dire. Et ça, les enfants le sentent. Les gens qui n'aiment qu'eux-mêmes, qui ne s'intéressent qu'à eux-mêmes, les enfants le sentent.

— Tu dis ça pour moi ?
— Ah ? Je n'y avais pas pensé. Mais peut-être, après tout. Quoi qu'il en soit, c'est ainsi. Ça te troue peut-être le cul, mais mes enfants adorent leurs grands-parents Eriksen. Ceci dit, si tu veux mon avis, pour le coup, ils le méritent.

Et c'est vrai que la manière dont nos parents s'étaient mués en grands-parents m'avait sidérée. Ils avaient eu pour mes gosses des attentions, des gestes de tendresse, une patience dont ils n'avaient jamais fait preuve avec nous. Du moins en ce qui nous concernait, Paul et moi. Avec Antoine, c'était sans doute différent. À mi-chemin, j'imagine. La retraite de papa y était probablement pour quelque chose. Mais aussi, bien avant, notre départ de la maison. Il y avait soudain eu moins d'agitation. Moins de bruit, de tension, d'engueulades. Moins de travail à fournir aussi. Courses, repas, lessives, même si c'était surtout maman qui s'en occupait. Et puis Antoine n'était pas comme nous. Moins renfermé et mal dans sa peau que moi. Moins écorché et compliqué que Paul. Mais rien de tout ça ne m'avait blessée. Voir mes parents devenir ces grands-parents-là, prévenants, presque doux, m'avait peut-être un peu désarçonnée au début, mais ça m'avait surtout émue. J'étais heureuse pour eux. Heureuse pour mes enfants. Je sais que Paul, par contre, avait eu du mal à l'accepter. Je le voyais serrer les dents quand Emma et Sacha se pelotonnaient contre leur grand-père. Il finissait invariablement par quitter la pièce. Et je ne peux pas m'empêcher de penser que ça a fait partie des éléments qui l'avaient poussé à couper les ponts avec notre père et à s'extraire peu à peu de la famille. Il ne voulait littéralement pas voir ça. C'était au-dessus de ses forces. Comme une jalousie impossible à réprimer. Souvent je regardais mon frère et je me disais qu'au fond, c'était lui le problème. Ça l'avait toujours été. Ces coups mal encaissés, ces cicatrices mal refermées. Ce n'étaient pas de si grands coups, ce n'étaient pas de si larges cicatrices. C'est juste lui qui prenait tout au tragique. Que tout blessait de manière exagérée. Une question de métabolisme. Il marquait, comme on dit de ceux qui après le moindre choc développent des bleus. Papa avait toujours eu raison en un sens : son cadet était une petite nature. Un garçon hypersusceptible, qu'un rien griffait. Mais peut-être que j'exagère. Peut-être que ce n'était pas rien. J'étais là mais je ne peux pas savoir. J'étais là mais je n'étais pas mon frère.

La porte d'entrée s'est ouverte et Antoine est apparu, les mains sur les hanches, rouge et ruisselant. Son visage était si douloureux. Je me suis demandé si c'était seulement dû à l'effort qu'il venait de produire. S'il allait tenir jusqu'à ce soir, jusqu'à demain. Depuis la mort de papa, depuis l'annonce de sa maladie, de son caractère incurable, je l'avais senti s'effriter. Maman s'en était rendu compte, elle aussi.

— Faudra faire attention à Antoine, m'avait-elle dit. Il est plus fragile qu'on ne le croit. Il n'a pas l'air comme ça, il est toujours dynamique, positif, dans l'action, mais en fait c'est le moins solide de vous trois. Il doit tenir ça de moi. Et tu sais c'est bizarre, mais en définitive, je crois que c'est peut-être Paul qui a le plus pris de votre père.

Sur le coup je n'avais pas relevé cette phrase étrange. Tout ce que j'avais pensé, c'est : Et moi ? Je suis quoi là-dedans ? Je suis où ? Moi qui ai fait tout ce qu'on m'a dit de faire. Qui n'ai jamais fait d'esclandre. N'ai jamais eu de mouvement d'humeur ni montré le moindre ressentiment. Moi qui n'ai jamais affronté personne. Moi qui n'ai jamais demandé quoi que ce soit. Qui ai suivi le droit chemin. Mais qui m'apprêtais, pour la première fois de mon existence, à prendre la tangente.

J'ai regardé Sacha et les filles grimper l'escalier. Ma gorge s'est serrée en pensant à ce qui nous attendait. Ils m'en voudraient à mort de briser la cellule familiale. De faire sécession. De rendre leur père malheureux. De leur imposer ça : les cris, les déchirures. Ils me haïraient d'avoir quitté leur père pour un autre homme. D'avoir préféré mon cul à la famille que nous formions. D'avoir préféré mon cul à leur confort, à leur bonheur. Je bavais sur les parents de Stéphane mais je ne valais pas mieux qu'eux. Moi aussi je m'aimais par-dessus tout. Moi aussi je me préférais.

Antoine s'est écroulé sur une chaise. Il avait du mal à reprendre son souffle. Bouche grimaçante, il observait Paul qui se faisait couler un café tout en mordant dans un bout de pain.

— Tiens... t'es encore là ? a-t-il marmonné.
— Ça t'étonne, hein.
— Ouais. Un peu. T'as vu maman ?
— Non pas encore. Enfin, pas ce matin. Je l'ai juste croisée cette nuit, en coup de vent. Ah ben, justement... Quand on parle du loup.

J'ai tourné la tête. Notre mère se tenait dans l'encadrement de la porte de la cuisine, les yeux humides, visiblement bouleversée. Ça faisait si longtemps qu'elle ne nous avait pas eus tous les trois.

Deuxième jour

Soudain j'en ai voulu à Paul de lui avoir volé ça toutes ces années. La joie simple d'avoir ses trois enfants sous son toit. Comme avant. J'ai regardé l'heure. Elle venait seulement de se lever. Elle avait dormi jusque-là. C'était si rare. Même pas sûr que ça se soit déjà produit. J'ai pensé : C'est comme si elle avait voulu que cette journée ne commence jamais.

Elle s'est assise à côté de Paul. Elle le couvait de ses yeux les plus brillants. J'ai bien vu qu'Antoine les fixait tous les deux d'un regard noir.

— Bon je vais aller me doucher, a-t-il soudain lâché, excédé.

— Oh, tu peux pas attendre un peu ? a fait maman. C'est si rare que vous soyez tous là. Depuis combien de temps on a pas pu vous réunir ici ? Ça aurait tellement fait plaisir à votre père, de voir ça...

J'ai serré les dents. Antoine aussi. Je ne les serrais pas pour moi, mais pour lui. Je faisais ça tout le temps. Je ne pouvais pas m'en empêcher. C'était comme inscrit dans mes gènes. Cette façon que j'avais de souffrir parce que je sentais l'autre souffrir. Est-ce que pour autant ça ne me sciait pas les nerfs à moi aussi d'entendre maman parler comme ça ? Comme si nous avions la moindre responsabilité, Antoine et moi, dans la fissuration de cette famille. Comme s'il s'agissait d'une querelle entre frères et sœur. D'une histoire de jalousie, de rancœur. De qui était le préféré et de qui avait été négligé. Tous ces trucs si courants dans les fratries. Comme si tout ne s'était pas joué entre Paul et nos parents. Notre père au premier chef. Depuis quand les choses avaient-elles dérivé ainsi dans l'esprit de notre mère ? Depuis quand la rupture entre Paul et papa, qui avait rendu impensable de tous nous réunir dans cette maison, était-elle devenue une incompatibilité d'humeur, d'opinion, ou quoi que notre mère ait pu se raconter, se réinventer, entre frères et sœur ? Mais peut-être que j'interprétais. Peut-être s'était-elle mal exprimée, submergée par l'émotion.

    Antoine a obtempéré. Il s'est rassis tandis que maman nous contemplait en silence. On aurait dit qu'elle emmagasinait pour la suite. Comme si cette scène n'allait plus jamais se reproduire. Pourtant papa était mort. C'était même pour ça, « grâce » à ça que nous étions tous rassemblés pour une fois. Et désormais plus rien n'empêcherait que ça se reproduise. Au contraire : maintenant maman allait vivre seule, c'était difficile à imaginer, je n'arrivais pas à me la figurer au quotidien sans papa, il faudrait peut-être, à terme, envisager autre chose, vendre la maison, l'installer dans une résidence où elle aurait de la compagnie, une assistance médicale si nécessaire, mais en attendant il nous faudrait redoubler de présence, Antoine et moi. Et même Paul s'il y était disposé. S'il en avait le temps – mais c'était toujours pareil avec lui, son temps n'avait pas la même valeur que le nôtre, moi-même j'en convenais parfois, et je ne parle pas de maman, qui avait toujours peur de « l'importuner », qui répétait tout le temps pour excuser ses manquements : « Faut le comprendre, aussi. Il est si occupé. »

J'ai tendu sa tasse de thé à ma mère. Elle a eu du mal à s'en saisir. Ses doigts tremblaient. Je me suis dit : C'est le chagrin, la douleur. Moi aussi je me sentais faible, vidée, au-delà des larmes. On ne mesure jamais vraiment combien la mort de ceux qu'on aime nous laisse exsangues, sans force, anesthésiés. Les cris, les sanglots, à certains moments, c'est hors d'atteinte. Ça demande encore trop d'énergie.

Soudain ses mains ont cédé. J'ai vu la tasse tomber comme au ralenti, s'écraser contre la table. Le liquide brûlant s'est répandu dessus mais maman n'a pas bougé d'un pouce. Elle n'a même pas eu le réflexe de reculer. S'est contentée de pousser un gémissement étouffé.

— Ça va, maman ? Tu t'es brûlée ? a fait Antoine en se précipitant vers elle. Tu veux que j'aille chercher la Biafine ?

Mais notre mère n'a pas répondu. Elle semblait égarée. Hébétée. Absente. J'ai pensé que c'était la gêne. Qu'elle s'en voulait de sa maladresse. Ça ne lui ressemblait tellement pas.

— Maman ? Ça va ?

Peu à peu, elle a paru reprendre ses esprits. Oui tout allait bien, elle avait laissé échapper la tasse.

— Oui, ben ça, on a vu. On était là, a repris Antoine. Mais tu t'es pas brûlée ?

— Oh penses-tu, a-t-elle répliqué en désignant sa vieille robe de chambre. C'est tellement épais ce truc-là. C'est moche, mais c'est bien pratique. Je l'ai depuis vingt ans, tu sais. Elle en a vu d'autres.

Je me suis levée pour prendre une nouvelle tasse dans le placard pendant qu'Antoine, accroupi aux pieds de notre mère, s'occupait de ramasser les éclats de l'ancienne et de les mettre à la poubelle.

— Ne jette pas ça, l'a-t-elle interrompu. Ton père pourra peut-être la réparer.

On s'est tous regardés, interloqués. Y compris Stéphane qui venait de réapparaître, lavé, coiffé, déjà prêt. Pantalon noir et chemise sombre. Sa veste de costume l'attendait dans l'entrée.

— Maman ?
— Quoi ?
— T'es sûre que ça va ?

Elle a secoué la tête. Comme on s'ébroue. Bien sûr que non ça n'allait pas. On enterrait son mari et d'ailleurs l'heure tournait, il fallait que tout le monde commence à se préparer.

La cuisine s'est vidée peu à peu. J'ai demandé à Stéphane de remonter vérifier que les enfants étaient prêts, qu'ils avaient mis les bons vêtements, trouvé tout ce dont ils avaient besoin. Il a eu l'air surpris. Limite offensé. Comme toujours quand je lui demandais quelque chose de cet ordre, qui excédait le champ de ses attributions domestiques. Lesquelles se limitaient à faire la cuisine de temps à autre, puisque désormais les hommes trouvaient ça classe de cuisiner, et les courses en conséquence, à l'exclusion de tout ce qui aurait pu le mener dans un supermarché et l'obliger à se soucier du tout-venant : sinistres produits ménagers ou d'hygiène, vulgaires packs de lait, surgelés ou boîtes de céréales, tristes paquets de pâtes ou de riz ordinaires, mornes yaourts industriels... Lui ne s'abaissait pas à ça. Non. Monsieur réservait ses forces pour le caviste, le boucher, la poissonnerie. Le traiteur, le fromager, l'épicerie asiatique. Et encore. Quand il avait décidé que c'était lui qui préparait le repas. C'est-à-dire quand nous recevions – il récoltait alors tous les compliments et c'était là le but de l'opération, me disais-je. Ou bien certains week-ends, ou pendant les vacances, lorsque ça le prenait, sans que je puisse jamais le prévoir. Et là jamais il ne se souciait des prix, quand à longueur d'année il s'alarmait des sommes que je dépensais pour nous nourrir. C'était dingue tout de même qu'on y laisse tant de pognon. Avais-je pensé à changer de supermarché, à comparer, à tester les marques des distributeurs ? Étais-je suffisamment attentive aux promotions ?

Antoine est monté se doucher tandis que Paul sortait fumer sa première cigarette de la journée, ignorant la remarque de maman qui désapprouvait, s'inquiétait de ses poumons. Il a refermé la porte-fenêtre et nous l'avons regardé allumer sa clope, puis tirer dessus, les yeux rivés au ciel.

— En même temps qu'est-ce que tu veux ? a soupiré maman. Il mène une vie tellement stressante. Chacun fait comme il peut. Et puis tu l'imagines avec ces machins électroniques qui sentent la barbe à papa, comme ton frère ? Il paraît que c'est pas si bon que ça, d'ailleurs. J'ai lu ça quelque part sur Internet. Tu sais que j'ai une tablette, maintenant ? C'est ton frère qui me l'a offerte.

— Antoine ? Ah bon ? Il ne m'avait pas dit.

— Non, pas Antoine. Paul.

— Quoi ?

Maman a bu une gorgée de thé. Puis elle a reposé sa tasse, le regard dans le vague. Comme si elle regrettait d'en avoir trop dit.

— Mais... Tu sais t'en servir ? lui ai-je demandé. Il t'a expliqué comment ça marche ?

— Ben oui. Qu'est-ce que tu crois ?

— Quand ça ?

Elle avait l'air agacée à présent. Je voyais bien qu'elle avait hâte de mettre un terme à la discussion.

— Je sais plus... a-t-elle soufflé. Une des dernières fois qu'il est venu ici.

— Comment ça, ici ? Il est venu ici ces dernières semaines ?

Deuxième jour

— Oui. Il est passé me voir deux ou trois fois pendant que ton père était à l'hôpital. Pourquoi tu me regardes comme ça ?

D'un geste nerveux, elle a relevé sa manche pour jeter un œil à sa montre. Ses avant-bras étaient maigres, constellés de taches de vieillesse. La peau semblait trop fine pour protéger les veines qui y dessinaient un réseau bleuâtre. Elle s'est dépêchée de finir son thé. Je lui ai proposé une tartine mais elle n'avait pas faim. Avant de quitter la cuisine, elle m'a demandé de lui repréciser le déroulé de la journée. Je me suis exécutée : nous avions rendez-vous à onze heures au funérarium. La cérémonie religieuse était prévue à midi et demi. Et la mise en terre au cimetière à quatorze heures. Puis ceux qui le voudraient pourraient revenir ici avec nous pour prendre un verre. J'avais acheté de quoi improviser une petite collation au Leclerc. Et Antoine avait fait livrer quelques bouteilles. Elles étaient dans le garage.

J'ai regardé maman monter l'escalier. Et j'ai soudain eu la sensation que c'était l'une des dernières fois. Qu'elle ne tiendrait pas longtemps seule. Qu'une fois papa enterré, quelque chose en elle céderait. Comme ces couples d'oiseaux dont l'autre se laisse mourir quand l'un disparaît. Et puis je me suis reprise. C'était absurde. Mes parents avaient toujours formé une sorte d'entité unique, et j'avais du mal à imaginer ma mère sans mon père. Mais elle était capable d'encaisser. C'était même sa caractéristique première, cette capacité à tout endurer.

Peu après, Stéphane et les enfants sont descendus. Iris avait mis sa jupe à l'envers. Sacha portait un pull taché. Et Emma prétendait ne pas avoir trouvé ses collants. Les trois tiraient des gueules d'enterrement. Au moins, là-dessus, ils étaient raccord. Je leur ai fait signe de me suivre et nous sommes remontés à l'étage.

Scène 2

ANTOINE

La porte s'est refermée et nous nous sommes enfin retrouvés entre nous. Restaient les verres abandonnés sur la table. Les bouteilles de champagne – elles y étaient toutes passées, on fêtait quoi, déjà, au fait ? Les assiettes en carton où flottaient des miettes de petits-fours, de quiche lorraine, des bardes retirées de tranches de rôti froid, des traces de mayonnaise. Maman s'est allongée sur le canapé et elle a fermé les yeux. Emma lui caressait doucement la main. Elle n'avait pas cessé de pleurer de la journée. C'était son premier enterrement. Et c'était tombé directement sur son grand-père préféré. Elle n'avait pas eu d'entraînement. Elle avait tout pris en pleine gueule. Les larmes. La boîte. Le trou. Les pelletées de terre. Les discours. Les conneries révoltantes qu'avait sorties le prêtre – genre il est bien là où il est, peut-être même mieux qu'avant, dans la lumière de Dieu ou je ne sais pas quoi. La lumière de

Dieu, mon cul, il était dans la terre et promis aux vers.

Mon premier enterrement, à moi, je m'en souviens bien : c'était celui du père de Lise. Et tout était atroce parce que rien n'était dans l'ordre des choses. Son âge. La façon dont il était mort. Les enfants qu'il laissait orphelins. Sa veuve que tout le monde regardait de travers comme si elle était coupable de quoi que ce soit, comme si on lui en voulait de n'avoir rien pu empêcher. Ce jour-là, déjà, Éric avait su mieux que moi comment se comporter avec Lise. Comme s'il avait appris tout ça quelque part. Les mots. Les gestes. Les attitudes. Quand moi j'étais tétanisé, impuissant, inapte.

Claire s'est postée devant l'évier et s'est lancée dans la vaisselle. Ses yeux étaient gonflés, son maquillage massacré. Elle avait pris mille ans. Dans le jardin j'ai aperçu Paul. Il fumait une cigarette en écoutant ses messages, l'oreille collée à son téléphone. Il s'en était encore bien sorti, le salopard. Je ne m'attendais pas à ça. Je pensais que personne ne daignerait lui adresser la parole. Qu'on le virerait même, pourquoi pas. Mais rien ne s'était produit comme je l'avais imaginé. Au contraire, tout le monde était venu le saluer. Tout le monde était venu lui faire la conversation. Sitôt présentées les condoléances, c'était parti. La fascination pour la célébrité, même aussi relative que la sienne, avait tout emporté. Et comment il est en vrai machin, et elle est sympa machine, elle s'est pas fait refaire le nez, le front, les joues, les nichons, non, vous êtes sûr ? Et qu'est-ce que vous nous préparez ? Et bien sûr il répondait poliment, comme si de rien n'était, à tous ces gens sur qui il avait vomi à longueur de film, de pièce, alors qu'on enterrait le père qu'il avait jeté en pâture au public en le faisant passer pour une brute et un facho. Vraiment c'était à gerber.

Au funérarium, c'est lui qui avait accompagné maman pour la présentation du corps avant la fermeture du cercueil. Claire avait prévenu qu'elle ne pourrait pas – ça n'avait aucun sens, avec tout ce qu'elle voyait à l'hosto ; mais je ne juge pas, moi aussi, au dernier moment, je m'étais dégonflé et c'est Paul qui a dû s'y coller. Ça m'a semblé la moindre des choses, et à la fois complètement déplacé. Quand je les ai vus ressortir en se tenant par le bras, mon frère soutenant ma mère comme un fils modèle et dévoué, j'ai eu envie de me ruer sur lui et de le rouer de coups. Claire a posé sa main sur mon épaule. J'ai senti qu'elle avait compris. Elle est montée avec moi dans ma voiture pour me calmer. On s'est mis en route pour l'église. Stéphane était avec les enfants dans le Scenic, tandis que Paul emmenait notre mère dans la Peugeot de papa – ça faisait déjà longtemps qu'elle ne conduisait plus, et je me suis demandé comment elle allait faire maintenant quand il faudrait se rendre à un rendez-vous médical ou autre en dehors de la ville. Sans parler des courses. Claire m'a répondu qu'elle prendrait le taxi. Et qu'elle se ferait livrer si nécessaire. Paul lui avait acheté une tablette et appris à s'en servir. Ça m'a scié d'entendre un truc pareil, je ne sais pas pourquoi. Pourquoi ça aussi, ça m'a foutu les nerfs à ce point.

En descendant de voiture devant l'église, j'ai eu un coup au cœur. Sur le parvis se massait une petite foule composée d'anciens collègues de papa, de voisins, des derniers membres de la famille encore en vie. Je les ai salués un par un. Sont arrivés quelques cousins que je n'avais pas croisés depuis longtemps. Je les ai remerciés d'avoir fait le déplacement. Et puis j'ai fini par aller la voir. Lise. Elle était venue.
— Il fallait pas, je lui ai dit.
— Ben si. Il fallait, justement. Je les connais depuis toujours, tes parents. Et puis je les croise de temps en temps. Au centre-ville. Au parc. Des fois, on bavarde un peu. Ils me donnent de tes nouvelles. Ton père me faisait toujours un petit compliment...
— Il t'a toujours bien aimée. Je crois que tu le faisais craquer.
— Tu parles... Ceci dit, il était devenu craquant, lui, dans son genre. Quand on était gosses, j'avoue, il me foutait les jetons. Il m'impressionnait avec ses yeux de loup, ses silences, son côté froid, son ton toujours sec. Mais c'est drôle, ça se voyait qu'il

s'était adouci avec les années. Quelque chose dans le regard. Parfois il avait l'air complètement à l'ouest, c'était marrant.

Ça m'a fait bizarre qu'elle me dise ça. Jamais je n'aurais imaginé que papa avait pu l'impressionner à ce point. Et encore moins lui « foutre les jetons », comme elle avait dit. Sur le coup, je lui en ai voulu. Et puis elle m'a frotté le bras en me souriant. Ses yeux brillaient un peu. Elle était tellement belle. Tellement touchante. J'ai eu envie de l'embrasser, là, tout de suite. Et c'est à moi que j'en ai voulu. De penser à ça dans un moment pareil. De penser à ça tout court. D'en être resté là depuis toutes ces années. Accrochée à elle. Incapable d'avancer.

— Je vais être papa, je lui ai dit, comme pour tout désamorcer. Je vais avoir un enfant.

— Ah ? C'est super, ça... Félicitations.

C'était la première personne à qui je le confiais. Depuis le début, je prétextais le fameux délai de trois mois, j'avais convaincu Sarah de garder ça pour nous pour l'instant, même ses parents n'étaient pas au courant, pas plus que sa meilleure amie ou sa sœur. Et voilà que la première personne à l'apprendre était Lise. Ça ne rimait à rien. L'annoncer à son ex, à celle qu'on n'arrivait pas à s'enlever de la tête et du cœur, le jour de l'enterrement de son propre père.

Deuxième jour

— Mais avec sa mère, je sais pas si ça va durer. Enfin... C'était pas vraiment prévu, quoi. On fait un essai mais bon, tu sais comment c'est...

Je ne tournais pas rond, putain. Pourquoi je lui avais sorti un truc pareil ? Pour lui faire passer un message ? Genre : si tu le veux, je suis libre. Je suis à toi. Tu n'as qu'un signe à faire. Un bon plan, pas vrai ? Avec mon futur bébé sur les bras. Je suis sûr que tu n'attendais que ça.

— Et toi ? je lui ai demandé. Tout va bien ? Le travail ? La petite famille ?

Elle a acquiescé sans avoir le temps d'en dire plus. La porte de l'église venait de s'ouvrir et tout le monde a commencé à entrer. Après je ne l'ai plus revue. À la sortie, ma mère, mon frère, ma sœur et moi étions accaparés par la famille, les anciens collègues, les voisins. Elle avait dû s'éclipser et choisir d'obéir au faire-part stipulant que l'inhumation aurait lieu dans la plus stricte intimité. Ce qui ne voulait rien dire. Chacun pouvait l'interpréter comme il le souhaitait. En tout état de cause elle avait considéré ne pas faire partie de ce cercle-là.

Un peu plus tard dans la journée, elle m'a envoyé un SMS. Elle avait trouvé la cérémonie émouvante, me rappelait que ses pensées m'accompagnaient et nous souhaitait à tous « la force et la tendresse ». J'ai relu plusieurs fois son message. Comme s'il pouvait revêtir un sens caché. Il était touchant, même si non, désolé, la cérémonie, elle, ne l'avait pas été.

J'avais détesté entendre ce connard de prêtre parler de mon père alors qu'il ne l'avait jamais rencontré. J'avais détesté l'écouter débiter ses inepties. Je m'étais détesté de ne pas avoir eu la force de me présenter devant tout le monde pour dire quelques mots sur papa. J'avais détesté Claire de s'être contentée de lire trois poèmes imbitables. Et par-dessus tout j'avais détesté Paul d'avoir passé du Barbara. La voix de la chanteuse s'était élevée sans préambule mais j'avais tout de suite su que c'était lui qui avait demandé ça. Qui d'autre ? Et bien sûr il avait fallu qu'il choisisse *Nantes*. La chanson où elle arrivait trop tard au chevet du père avec lequel elle avait rompu. Je n'avais pas tenu. J'étais sorti de l'église. Putain, quel sale con. Cette chanson, c'était celle d'un impossible pardon, mais il suffisait de s'intéresser un minimum à Barbara pour comprendre le sous-texte. C'était comme *L'Aigle noir*. Son père l'avait violée, merde. Comment Paul pouvait-il être assez tordu pour faire semblant de ne pas le savoir ? C'était quoi, le message ? Il se la jouait « j'ai pardonné à mon père mais trop tard », alors qu'il n'y avait rien à pardonner. C'était à lui de se faire pardonner. Pour ses films de merde. Ses pièces à la con. Ses putains d'interviews. Et pour couronner le tout il comparait implicitement notre père à celui de Barbara. Un type qui avait violé sa propre fille. De toute façon je n'avais jamais pu la saquer. C'était le supplice à la maison quand j'étais gosse. Tous

Deuxième jour

ces trucs de vieux que Paul et Claire écoutaient. Comme s'ils avaient trente ans de retard. Léo Ferré. Brel. Jean Ferrat. Jean Ferrat, putain... Même Brassens, je ne pouvais pas le supporter. Je mettais Nirvana à fond pour tout recouvrir.

J'ai attendu bien sagement que tout le monde soit parti. J'ai attendu bien sagement que la voiture de Stéphane et des enfants ait quitté le parking. Que maman se soit installée dans la Peugeot de papa, tandis que Paul fumait sa dernière cigarette. Que Claire soit installée à ma droite dans ma bagnole. Je lui ai dit, j'en ai pour deux secondes, je reviens. Je suis sorti. J'ai marché droit vers Paul qui écrasait son mégot du bout du pied. Et je lui ai envoyé mon poing dans la gueule. Il a lâché un cri, s'est couvert le visage avec les mains. Dans la voiture maman a hurlé. Un truc déchirant. Animal. De la détresse à l'état pur. De son côté Claire s'était précipitée sur notre frère. Elle a écarté les mains de son visage. Son nez pissait le sang. Sa bouche se tordait de douleur. Elle a sorti des mouchoirs de son sac, l'a nettoyé comme elle a pu, comme la sœur dans son dernier film. Bien fait pour sa gueule. Le sang continuait à couler. Elle a dit à Paul de tenir le kleenex appuyé contre son nez et de rester là, elle revenait. Je l'ai vue se diriger vers la pharmacie. Paul me fixait. Un sourire douloureux a fini par se former sur ses lèvres.

— Ça te démangeait, hein ? il a lâché, la tête renversée en arrière. Mais bon. Je suppose que je l'ai mérité.
— Tu mérites tellement plus que ça, j'ai répondu.
Puis je suis monté dans l'Audi et j'ai démarré.

Ils sont arrivés au cimetière dix minutes après moi. Claire tenait maman par le bras. Paul marchait un peu derrière, un coton imbibé d'eau oxygénée fourré dans la narine. Son nez avait déjà un peu bleui.
— J'espère que tu l'as pas cassé, a dit maman. Mais qu'est-ce qui t'as pris ?
— Putain, maman. Merde. Cette chanson, là. *Nantes*. C'était pas possible.
— Mais... C'est ton père !
— Quoi ?
— C'est ton père qui a demandé à ce qu'on la passe.
Elle m'a pris le bras. Paul a attrapé celui de Claire. Et nous nous sommes avancés comme ça dans le cimetière, nous tenant les uns aux autres, unis. Après ça personne n'a plus reparlé de l'incident. Nous avons regardé les employés des pompes funèbres descendre le cercueil dans la fosse, avant de le couvrir d'une dizaine de roses et de quelques poignées de terre. Et sur le coup j'ai mis du temps à réaliser ce que signifiait le choix de cette chanson par notre père, pour ses funérailles. D'autant que

Deuxième jour

lui non plus n'avait jamais trop aimé Barbara. C'était sa seule consigne et elle concernait Paul. Encore et toujours lui. Ou bien maman avait menti pour le protéger et ça revenait au même.

J'ai rejoint Claire devant l'évier. Elle m'a donné un torchon. Je me suis mis à essuyer. Paul s'est posté à ma droite. Je lui ai tendu la vaisselle sèche et il a commencé à la ranger dans les placards. Assez vite, nous avons formé une chaîne. Claire lavait. Je séchais. Paul rangeait.

— Tiens regarde-les, a dit maman à Sacha. C'est drôle. C'est exactement comme quand ils étaient enfants. Mais dites, il y a un lave-vaisselle, ici.

Claire a suspendu son geste. Puis elle a pouffé de rire. Elle n'y avait pas pensé. Elle avait oublié. Mais elle s'est tout de même remise au travail. Paul et moi aussi. Comme quand on était gosses. Papa regardait la télé. Maman passait le balai et l'éponge sur la table. J'adorais ces moments. Parce qu'on était tous ensemble. Et qu'on était bien. J'aurais donné n'importe quoi pour revivre des instants pareils.

Stéphane et les enfants sont partis vers dix-huit heures. Ils reprenaient le boulot ou l'école dès le lendemain. Emma et Sacha repasseraient peut-être avec leur mère, ce week-end, ça dépendrait de leur emploi du temps, avait précisé leur père. Des devoirs. Des invitations chez les copains. Puisque la vie continuait malgré tout.
— Oui c'est bien, a dit maman. Il faut que la vie continue. Ils sont jeunes. Leur grand-père était vieux. C'est dans l'ordre des choses.
Je me suis demandé à quel point elle s'incluait dans ce qu'elle venait de dire. Est-ce que pour elle aussi la vie allait continuer ? Ou se contenterait-elle de la regarder battre pour les autres ? Et puis je me suis repris. La vie de ma mère ne se résumait pas à mon père. Ni à ses enfants et ses petits-enfants. Même si j'aurais eu du mal à définir ce qu'il y avait pour elle en dehors de ça. Difficile d'imaginer que nos parents puissent avoir une vie

au-delà de nous. Sur ce plan-là j'avais toujours dix ans.

« La vie continue et c'est bien. » C'est aussi ce que m'avait écrit Sarah quelques heures plus tôt. « Tu devrais vraiment l'annoncer à ta mère, maintenant », avait-elle ajouté. Cent fois ces dernières semaines, elle m'avait encouragé à confier la grande nouvelle à mes parents, même si mon père ne captait plus grand-chose de ce qui se passait autour de lui.

— Ça leur mettra du baume au cœur de savoir que nous attendons un enfant, disait-elle. Et ça aidera ta mère à se projeter. Contre la mort et la maladie, il n'y a que la vie comme remède.

Je n'avais pas pu m'y résoudre. Cette histoire de grand cycle, ce grand mélange, un être s'éteint un autre s'éveille, la mort et la vie dans un seul et même mouvement, les joies et les peines, les naissances et les deuils, je n'y arrivais pas. Annoncer à mes parents que j'allais être père dans ces circonstances me paraissait obscène. C'était comme relativiser la portée de ce qui était en train d'advenir. C'était comme tirer la couverture à moi. Voler la vedette. Ça me semblait dégueulasse. Et ça le paraissait toujours autant à présent que mon père reposait dessous les roses, comme chantait l'autre. D'ailleurs plus rien ne pressait. J'attendais un enfant et ce serait toujours vrai dans deux ou trois mois. Et puis j'ai repensé à Lise. Et si elle croisait maman et lui parlait ? Oui. Je la voyais très bien faire un brin de causette avec ma mère à la boulangerie du centre, lui toucher le bras, les yeux mouillés, et lui sortir : « Mais vous devez être contente, Antoine va avoir un bébé, un nouveau venu dans la famille c'est de la vie, de l'espoir, de la joie, ça va vous faire du bien. »

Claire m'a tendu un dernier verre. Je l'ai essuyé et l'ai passé à Paul. Pendant tout ce temps, maman ne nous avait pas quittés des yeux. Je me suis assis près d'elle et je lui ai glissé à l'oreille :

— Je vais être papa, tu sais.

Je n'ai rien dit d'autre. Pas parlé de Sarah ni des doutes qui m'assaillaient à l'idée de m'installer avec elle, de fonder une famille avec elle, de m'engager pour de bon. Je connaissais ma mère. Sitôt passé la joie, elle se serait fait du mouron pour moi et pour cet enfant qui ne grandirait peut-être jamais, ou pas bien longtemps, auprès de parents unis.

Un mince sourire s'est formé sur son visage.

— C'est bien, a-t-elle dit en me prenant la main. C'est bien. J'espère que je serai là pour le voir…

— Maman ! s'est exclamée Claire, scandalisée. Qu'est-ce que tu racontes ? Bien sûr que tu seras là pour le voir. Et bien plus que ça. T'es en bonne santé. Et on a tous besoin de toi ici. J'ai besoin de toi. Mes enfants ont besoin de toi.

— Même Paul a besoin de toi, ai-je ajouté dans une tentative maladroite de dédramatiser un peu l'instant.

Deuxième jour

— Oh, pensez-vous... Vous êtes tous grands maintenant. Quant aux enfants, ils ont mieux à faire que de s'inquiéter d'une vieille femme comme moi.

Aucun d'entre nous n'a pris la peine de lui rappeler qu'elle n'était pas si vieille. Qu'à notre époque elle n'était même pas vieille du tout. Nous savions que c'était peine perdue. Nous connaissions le refrain. Ça faisait des années déjà que nos parents se considéraient comme vieux. Dès la préretraite de papa, dès qu'ils avaient été grands-parents, ils s'étaient coulés dans le moule, avaient réduit le champ de leurs activités, adapté leurs habitudes alimentaires, vestimentaires, leur rythme de vie, l'heure des repas. Ça me rendait dingue. J'étais encore à la maison, au moins par intermittence, et j'avais l'impression de vivre dans un Ehpad. J'avais mis du temps à comprendre que ça faisait longtemps déjà qu'ils attendaient ça. Et qu'ils l'attendaient avec impatience. Pour eux ça signifiait un repos bien mérité. Après la vie qu'ils avaient menée, c'était à ça qu'ils aspiraient : ralentir, se reposer. Et que plus personne ne vienne les faire chier. Et c'était bien légitime. Qui aurait pu le leur reprocher ?

Maman a fermé les yeux.

— Je vais faire un petit somme, je crois.

— Tu ne préfères pas te mettre au lit ?

— Non, non, je suis bien, là. Avec vous. Vous pouvez continuer à bavarder, ça ne me dérange pas. Au contraire, ça va me bercer.

Antoine

Je me suis revu enfant sur ce même canapé. Je repoussais toujours le moment de monter dans ma chambre. J'adorais m'assoupir en écoutant la télévision, les quelques mots qu'échangeaient mes parents, les bavardages de Paul et Claire qui avaient le droit de se coucher plus tard que moi parce qu'ils étaient plus âgés – et ça me foutait tellement en rogne. J'adorais m'endormir doucement au milieu de ceux que j'aimais. Je me sentais protégé. À ma place.

— Ben alors, tu nous en fais des cachotteries, a dit Claire. C'est pour quand ? Et quand est-ce que tu comptes nous présenter Sarah ? En même temps que le bébé ?

— Bon, ben... félicitations, je suppose, a renchéri Paul, et c'était lui tout craché, ce costume de cynisme un peu froissé, cette manière allusive de tout mettre à distance et de rappeler à chaque phrase, même à demi-mot, qui il était, comment il voyait les choses, la paternité très peu pour lui, le couple idem, l'amour n'en parlons pas, la famille aux chiottes. Pourquoi pas le travail et la patrie tant qu'on y était.

Il a touché son nez qui virait au violet maintenant, comme s'il redoutait inconsciemment que je lui en remette une. Au même moment, maman s'est mise à ronfler. Nous l'avons contemplée sans rien dire. Elle dormait déjà profondément, pâle et maigre, les traits marqués même dans le sommeil. Claire nous a fait signe de nous lever et nous a désigné la porte-fenêtre qui donnait sur le jardin.

— Elle a besoin de se reposer. On va la réveiller si on reste ici.

Nous sommes sortis sur la terrasse. Le soir tombait mais il faisait encore doux. L'été avait de l'endurance cette année. Il contaminait même octobre. Un peu plus tôt dans l'après-midi, j'avais balancé une petite blague sur les bienfaits du réchauffement climatique et ça n'avait pas du tout fait rire Emma. Elle faisait partie de ces jeunes biberonnés à la collapsologie que la catastrophe environnementale en cours hantait du matin au soir, persuadés que d'ici dix ou quinze ans la terre serait invivable et que des vieux cons dans mon genre les privaient d'avenir. Enfin c'est ce que Claire m'avait raconté juste après que sa fille aînée avait quitté la pièce, excédée. J'avais mis ça sur le compte de l'épreuve que nous étions en train de traverser mais Stéphane m'avait détrompé : elle était tout le temps comme ça, sur tous les sujets, et il ne fallait plus compter rigoler sur quoi que ce soit avant longtemps. En nous écoutant parler Stéphane, Claire et moi, en nous entendant commenter l'attitude de ma nièce, je m'étais dit que les choses allaient vite désormais. Qu'on glissait de plus en plus rapidement de la case jeune con à la case vieux con. Pour certains, d'ailleurs, il n'y avait même plus de transition.

Antoine

J'avais lu, effaré, une étude démontrant que contrairement à ce qu'on pouvait croire, les valeurs primordiales pour la plupart des jeunes d'aujourd'hui s'avéraient être la famille, l'ordre et la religion. Sûrement de quoi faire frémir un type comme mon frère.

Je me suis affalé sur la chaise de papa. Claire s'est installée en face de moi, tandis que Paul s'éloignait de la terrasse et s'allumait une cigarette en faisant mine d'examiner le potager, l'état de la pelouse, les plantes. Comme s'il en avait jamais eu quoi que ce soit à foutre.

— On va enfin pouvoir jouer au foot, a-t-il ricané.

J'ai préféré ignorer cette énième provocation. Bien sûr, papa avait toujours interdit le moindre ballon dans son jardin ; il ne s'emmerdait pas toute l'année à entretenir la pelouse et à faire pousser des roses et des courgettes pour qu'on vienne tout saloper. Mais à quoi bon remettre ça sur le tapis, même sur le mode de l'ironie.

— Tu sais, je lui ai lancé, j'ai entendu une phrase dans une chanson d'Orelsan, l'autre jour. Un truc comme : tes défauts sont devenus ta personnalité.

— Qu'est-ce que tu veux dire par là ?

— Laisse tomber.

— Non, vas-y, continue. Ça m'intéresse.

Paul a éteint son mégot avant de le ranger dans son cendrier portatif. J'avais toujours l'impression qu'il l'utilisait plus pour pouvoir se vanter d'avoir séjourné au Japon que par souci de propreté.

— Eh bien toi, j'ai repris, tu fais partie de ces gens qui finissent par se définir par leurs défauts. Tu sais, du genre qui te sortent tout fiers : moi je suis comme ça, je suis cash. Qui s'enorgueillissent de toujours dire ce qu'ils pensent, quelles qu'en soient les conséquences. Alors que ça fait juste d'eux des connards insensibles. Des gros égoïstes qui ne tiennent jamais aucun compte des sentiments des autres. Ou ces mecs, tu sais, qui ont renoncé à être à l'heure une fois pour toutes, sous prétexte qu'ils sont « toujours en retard » et qu'ils n'y peuvent rien. Ou ces filles qui assument avoir « mauvais caractère ». Je connais un type au bureau, tu verrais ça : il se comporte comme une merde avec tout le monde. Et il dit toujours : je suis comme ça, j'y peux rien, je suis nul en relations humaines. C'est à prendre ou à laisser. Ben toi, t'es pareil. Tes défauts sont devenus ta personnalité.

— Lesquels ? Je veux dire : j'en ai sûrement beaucoup, mais quels défauts tu me prêtes exactement ? Quels défauts sont devenus ma personnalité ?

Paul s'était assis à côté de Claire. Il me regardait droit dans les yeux. Comme si pour une fois ce que j'avais à dire l'intéressait sincèrement. Qu'il y accordait vraiment de l'importance. Comme s'il en espérait quelque chose. Une clé. Une révélation.

— Je sais pas. Y en a plein. Être toujours injoignable. Distant. Froid. Insensible. Intransigeant. Mythomane. Incapable d'envisager qu'on puisse avoir un autre avis que le tien. D'autres goûts que les tiens. Une autre façon de vivre que la tienne. Ton manque d'empathie, sauf pour des gens que tu ne connais pas réellement.

— Eh ben... C'est flatteur tout ça.

Il s'est enfoncé dans son siège, l'air vaguement déçu. Comme s'il s'était attendu à ce que j'y aille plus fort. Ou à ce que je lui apprenne quelque chose sur lui-même.

— Dis-moi un truc, j'ai repris, t'as combien d'amis ?

— Hein ?

— De vrais amis ? T'en as combien ? Et me parle pas de ceux que tu as perdus. Aujourd'hui ? Il t'en reste combien ? Combien que t'as pas sacrifiés pour quelques entrées de plus ?

Soudain il s'est mis à jouer nerveusement avec son briquet. Il regardait en l'air en se mordant les joues. Touché, j'ai pensé.

— Arrête, Antoine, a fait Claire.

Mais je n'en ai pas tenu compte. J'ai embrayé direct, en le fixant :

— C'est quand même marrant quand on y pense. Ce mythe autour de toi. Ta fragilité, soi-disant. Alors que je ne connais personne d'aussi dur que toi.

Deuxième jour

— Antoine, arrête ! a retenté Claire.

— Non, laisse... l'a interrompue Paul. C'est pas grave. Et puis j'ai déjà entendu tout ça. Enfin pas cette théorie des défauts qui deviennent ta personnalité. C'est pas mal d'ailleurs. Je vais le noter quelque part. Mais tout le reste. Et t'en oublies plein. Ma phobie de l'engagement, il paraît. Mon incapacité à m'attacher. Mon allergie aux épanchements. Aux sentiments. J'en ai plein mon téléphone, de trucs pareils. Toutes ces récriminations des mecs avec qui je baise un mois ou deux avant de les laisser tomber. Qui en veulent plus. Qui veulent de moi des choses que je ne peux pas donner. Ou que je ne veux pas, selon eux. Un jour, il y en a même un qui m'a dit qu'au fond, je n'étais pas aussi éloigné que je le pensais de la figure du père dans mes films. Mon inaptitude à supporter les pleurnicheries des autres, par exemple. Ou mon intolérance au bruit.

— Ah ça, c'est vrai, a dit Claire. Quand les enfants étaient petits, tu ne supportais pas qu'ils crient ou qu'ils parlent un peu fort. Tu grimaçais dès qu'ils étaient dans les parages.

Paul a laissé échapper un petit rire avant de renchérir :

— Oui. Maman m'en a parlé un jour. Elle ne m'en a pas fait le reproche, d'ailleurs. Elle m'a simplement dit que là-dessus j'étais comme papa.

Antoine

— Sauf que papa n'était pas comme ça, justement, ai-je corrigé.

— Le tien, peut-être, a répondu Paul en se levant de sa chaise pour se diriger dans la cuisine. Le tien, peut-être... Bon. J'ai besoin d'un verre. Je vous rapporte quelque chose ?

Scène 3

CLAIRE

Paul s'était replié dans la cuisine. Ça valait mieux pour le moment. Antoine ne se contrôlait plus, il s'était mis sur pilotage automatique. Le poing qu'il lui avait mis dans la gueule ne lui avait pas suffi. Les vannes étaient ouvertes et il ne savait plus comment les refermer. Il avait retenu les choses trop longtemps. Maintenant c'étaient les nerfs qui parlaient. Et ça craquait de partout.

Je lui ai dit qu'il fallait qu'il arrête. Qu'il freine avant qu'il ne soit trop tard. Avant que tout ne devienne irréversible. Il a haussé les épaules. Qu'est-ce qu'il en avait à foutre que les choses deviennent irréversibles ? Elles l'étaient déjà depuis longtemps. Et c'était la faute de Paul. D'ailleurs il avait quelque chose à m'avouer. Il fallait que je lui jure de le garder pour moi. D'un œil il surveillait notre frère dans la cuisine, qui ouvrait les tiroirs en quête d'un tire-bouchon, réunissait trois verres, fouillait parmi les bouteilles.

Deuxième jour

— Tu te rappelles l'article sur Internet, après son César ? a-t-il commencé d'une voix fiévreuse. Ce truc fielleux qui entendait démontrer que Paul était un imposteur.

— Vaguement, ai-je répondu. Enfin, je me souviens surtout qu'il était furax. Il avait peur que ça fasse boule de neige. Le type avait même tenté d'interviewer papa...

— Et papa avait refusé. Il l'avait sacrément envoyé chier. Et après ça il avait appelé toute la famille pour leur interdire de répondre à ce connard. Pourtant, à cette époque, papa et Paul avaient déjà coupé les ponts. Bref. Le mec a quand même écrit son papier. Il n'avait rien de vraiment tangible mais il était pas si mal renseigné quand on y pense. Tu m'as même appelé, tu te demandais d'où ça venait, cette boule puante.

Oui, effectivement, je me souvenais de cette histoire. C'était resté sans conséquence mais l'article en question contenait malgré tout des détails troublants. Je m'étais longtemps demandé qui avait bien pu balancer tout ça. Un ancien du lycée, du genre aigri et jaloux, et qui avait toujours détesté Paul ? Un cousin en colère ?

— Eh bien ça venait de moi.

— Quoi ?

Il s'est tu un instant. Je l'ai regardé attentivement. On aurait dit qu'il s'était branché sur l'électricité.

Il avait le corps tendu et le regard halluciné. J'ai eu peur qu'il soit en train de dégoupiller.

— Ça venait de moi, a-t-il repris. C'est moi qui ai appelé ce type. Un critique qui massacrait tous les films de Paul. Je lui ai dit : je connais bien Eriksen, vous savez. Et ce type est un putain de baratineur. Il passe sa vie à se faire passer pour celui qu'il n'est pas. Par exemple, il ne vient pas du tout des quartiers. Et son père n'a quasiment jamais bossé en usine. Et puis il n'est pas du tout comme il le décrit dans ses films. Paul n'a jamais été maltraité ni rien de ce genre. Ni physiquement ni sur le plan psychique. C'est un gamin des pavillons qui n'a jamais manqué de quoi que ce soit. La cité, il n'y a jamais mis les pieds, à part pour acheter du shit à son dealer. Et ses parents sont des gens ordinaires qui se sont saignés aux quatre veines pour lui offrir tout ce dont il avait besoin. Mais ça n'a rien donné en définitive. Juste ce papier de merde sur un site obscur. Le mec n'avait pas réussi à réunir assez d'éléments. Personne n'avait accepté de lui parler. Son rédac chef a refusé de passer l'article. Trop léger. Et de toute façon tout le monde s'en foutait de tout ça. Paul n'était pas assez connu. Et puis quel scoop, hein ? Les auteurs, les cinéastes, les artistes en général sont des menteurs. Des mythomanes. Quelle révélation. Ces types dont c'est le métier de raconter des histoires racontent des histoires...

Deuxième jour

J'ai fait signe à Antoine de se taire. Paul arrivait, une bouteille de rouge et trois verres à la main.

— Dis donc, il a dit en s'asseyant. J'ai pas rêvé ? Il y avait Lise ce matin, à l'église ? Toujours aussi mignonne d'ailleurs.

— Depuis quand t'as un avis sur le physique des filles ? j'ai répondu, histoire de détendre un peu l'atmosphère.

— Depuis toujours, imagine-toi. C'est pas parce qu'elles ne m'attirent pas sexuellement que ça m'empêche de les trouver belles. C'est quoi, ces clichés ? J'aurais pas cru ça de toi...

Il a rempli les trois verres et j'ai vu que notre petit frère s'était mis à se ronger les ongles. Il avait l'air d'être redescendu en pression tout à coup. Comme si on lui avait soudain coupé le courant. Je me suis demandé si c'était à cause de Lise.

— Je ne savais pas que vous étiez toujours en contact, a repris Paul.

— Comment tu l'aurais su ? a répondu Antoine en haussant les épaules.

— En tout cas j'ai vu comment tu la regardais. Et si tu veux mon avis, c'est pas comme ça qu'un futur papa heureux en couple est censé regarder son amour de jeunesse...

— Ta gueule, Paul.

— Oh là... Sujet sensible, on dirait.

Antoine a vidé son verre d'un trait. J'ai bu une grande gorgée à mon tour. C'était un rouge épais, ultrapuissant, tannique à mort. Paul avait dû le choisir pour sa teneur en alcool. 14,5 degrés. Que ça bastonne et qu'on n'en parle plus.

— Je vais quitter Stéphane. Je vois quelqu'un d'autre et je vais quitter Stéphane.

C'était sorti tout seul. Comme si j'avais voulu détourner l'attention coûte que coûte. J'ai regardé mes frères et ils étaient aussi stupéfaits que moi. J'ai continué. Je leur ai dit je vois un homme, un anesthésiste de l'hôpital, il me rend dingue, je suis folle de lui. Lui aussi il est marié. Lui aussi il a des enfants. Et je sais ce que vous pensez : elle peut toujours courir, les mecs ne quittent jamais leur famille, ils préfèrent rester peinards chez eux tout en continuant à baiser leur maîtresse, le beurre et l'argent du beurre, le cul de la crémière, tous ces trucs. Mais je m'en fous. Je pense qu'il va finir par la quitter et s'il ne le fait pas, tant pis. Je vais quand même lâcher Stéphane.

— Et les enfants ? a dit Antoine.

— Quoi, les enfants ? Ce ne seront pas les premiers à voir leurs parents se séparer. Souvent, ça vaut mieux que de les regarder se foutre sur la gueule à longueur de journée.

Paul me fixait avec ce demi-sourire qu'il arborait toujours quand les événements allaient dans son sens. Il adorait avoir raison. Et si possible contre tout le monde.

Deuxième jour

— Quoi ? lui ai-je lancé, même si je savais déjà ce qu'il allait dire.

Bien sûr il n'avait jamais aimé Stéphane. Peut-être parce que notre père, lui, l'avait toujours eu à la bonne. Qu'il avait toujours traité son gendre comme « son propre fils ». Mieux que son propre fils, même, aurait sans doute corrigé Paul. Enfin c'est ce que je me disais parfois. Quoi qu'il en soit, Paul n'avait jamais compris ce que je pouvais trouver à mon mari. Il le jugeait conventionnel. Un peu lourdaud, aussi. « Je n'aime pas dire du mal des gens mais effectivement il est gentil », l'avais-je un jour entendu ironiser, alors qu'il me croyait dans une autre pièce. Il le regardait de haut avec son job de cadre commercial chez Lafarge, sa passion pour *Le Seigneur des anneaux*, les comics, le golf et le barbecue.

— Je me souviens, a-t-il commencé, quand tu m'as annoncé que vous alliez vous marier, je t'ai demandé ce qui te plaisait chez lui. C'était une vraie question, hein. Ça m'intriguait. Et tu te rappelles ce que tu m'as répondu ?

— Non. Enfin. Peut-être. Je sais plus.

— Tu m'as répondu que tu le trouvais « fiable ».

Tu parles si je m'en souvenais… Il l'avait mis dans un de ses films. Je lui en avais voulu à mort. Stéphane m'avait tiré la gueule pendant trois semaines.

— « Fiable », a-t-il repris. On aurait cru entendre maman. Tu aurais aussi bien pu dire « pratique ». Je vais me marier avec Stéphane parce qu'il est « pratique ». Il est moche mais il est pratique.
— Attends ! Stéphane n'est pas moche.
— Oh que si.
— Putain ! Paul ! s'est exclamé Antoine sans pouvoir s'empêcher de se marrer : on avait dit pas le physique... Mais ceci dit c'est vrai qu'il est pas terrible. Il devrait se laisser pousser la barbe, tiens, comme toi. Tout le monde est mieux avec la barbe.
— Dit l'homme toujours rasé de frais, a fait remarquer Paul.
— Mais ça, c'est parce que je suis beau au naturel, moi. Pas besoin de barbe pour dissimuler les défauts de mon visage comme toi.
— Quoi ? C'est quoi, cette histoire ? Qu'est-ce qu'il a mon visage ?
— Ben je sais pas. Il est bizarre. T'as trop de peau.
— Trop de peau ?
— Ouais, trop de peau. Mais avec la barbe ça va. Ça se voit moins. Ça dissimule. C'est tout toi, de toute façon. La dissimulation.
Et voilà, ai-je pensé. On était déjà revenus au point de départ. On était déjà de retour sur le ring. Ma tentative de diversion n'avait servi à rien. Je m'étais sacrifiée pour que dalle.
— Faudrait savoir, a marmonné Paul entre ses dents. En général tu me reproches de tout balancer.

— Tu balances sur les autres, a craché Antoine. Mais sur toi, tu lâches rien. Jamais. S'il y a bien un sujet que tu évites, c'est toi-même. Peut-être parce que t'es incapable de te regarder en face.

— Peut-être que j'en suis capable mais que ça ne m'intéresse pas. Ou peut-être que je me déteste trop pour ça.

— Ouais, suis-je intervenue. C'est bien joli tout ça mais en attendant on en revient toujours à toi. Je viens de vous annoncer que je quittais Stéphane, que j'allais infliger un divorce à mes enfants. Et en quoi ? Trois secondes chrono ? On se retrouve à parler de toi. De ta barbe, de tes films. Et au final de ta haine de toi-même.

Il y a eu un bref silence. Comme si j'avais sifflé la fin de la récré. Puis Antoine a annoncé :

— Je crois que je vais quitter ma meuf, moi aussi. Je vais quitter Sarah...

Bordel, c'était quoi cette conversation ? Ça partait dans tous les sens. Tout se pétait la gueule. À croire que c'était papa qui avait maintenu l'édifice debout jusqu'ici. Une bonne vieille famille patriarcale à l'ancienne.

— C'est qui Sarah ? a ironisé Paul.

— Ah ah très drôle.

— Attends, ai-je fait. T'es pas en train de jouer la scène du type qui lâche sa copine quand elle tombe enceinte. À moins que ce ne soit pas elle qui attende ton enfant ?

— Si, si, bien sûr que c'est elle. Et si, c'est exactement le plan que je suis en train de faire. Mais t'inquiète. C'est pas le gosse qui me fait flipper. Ni la grossesse.

— C'est quoi alors ?

— C'est juste que ce n'est pas avec elle que je veux vivre tout ça.

Ça m'a transpercé le cœur de l'entendre prononcer cette phrase. J'ai eu l'impression qu'il me l'avait ôtée de la bouche. Et je me suis demandé quelle était cette malédiction qui frappait soudain la fratrie Eriksen. Pourquoi on s'échinait à faire fausse route comme ça, les uns comme les autres.

— Fallait y penser avant, mon pote, a grincé Paul. Parce que c'est bien avec elle que tu l'as fait, ce gamin. Et ça tu peux pas revenir en arrière. Tu vas bien devoir assumer.

— T'en fais pas. Je compte aller nulle part. Je serai son père à ce gosse. À 100 %. Enfin. À cinquante.

— C'est Lise ? ai-je demandé. Tu penses toujours à Lise ? Mais elle a sa vie, tu sais. Et puis c'est vieux tout ça. Elle a changé. Toi aussi tu as changé. Vous ne pourriez pas vous saquer tous les deux maintenant si ça se trouve. C'est n'importe quoi.

Antoine a paru s'affaisser sous la charge. Cette fois j'avais vraiment touché le point sensible. Le cœur du réacteur. Sur le coup je m'en suis voulu mais merde... Lise... Quand allait-il se décider à passer à autre chose ? Quand allait-il cesser de conduire les yeux rivés au rétroviseur ?

— Vous savez, a-t-il repris après un long silence. C'est moi qui l'ai découvert, son père. C'est moi qui l'ai vu en premier. Lise était restée dans la maison. C'était tellement grand chez eux, il y avait une salle de jeu, l'hiver ils y installaient la table de ping-pong. Elle m'avait demandé d'aller chercher les raquettes dans la remise. J'ai ouvert la porte et j'ai vu son père qui pendait du plafond. D'abord, j'ai pas su quoi faire. Et puis je sais pas pourquoi, je me suis dit qu'il fallait absolument que je le décroche. C'était atroce. J'ai encerclé ses jambes avec mes bras. Je l'ai soulevé un peu. Il était froid. Et tellement lourd. Dans mon dos j'ai entendu Lise m'appeler par la porte-fenêtre. Antoine ? Qu'est-ce que tu fous ? Tu viens ? Il y a… il y a un problème, j'ai balbutié. Un problème, tu parles… J'ai essayé de l'empêcher d'entrer. Elle ne comprenait pas pourquoi. Je ne sais pas ce qu'elle s'imaginait. Elle chialait, elle criait, elle me rouait de coups pour que je la laisse passer, mais je crois pas qu'elle s'attendait à ça. Qui aurait pu s'attendre à un truc pareil de toute façon ? Son propre père pendu dans la remise, en plein après-midi. Son père adoré.

Antoine s'est tu. Il a attrapé sa vapoteuse et en a soufflé un énorme nuage. Ça sentait la praline.

— Tarte tatin, il a fait. À la vôtre…

Claire

J'ai entendu du bruit dans mon dos. C'était maman. Elle se tenait dans l'encadrement de la porte-fenêtre, un plaid sur les épaules. Depuis quand était-elle là ? Je lui ai fait signe de nous rejoindre.

— Je crois que j'aurai pas le courage de préparer à dîner, a-t-elle soupiré. Il y a tout ce qu'il faut au frigo, mais j'ai pas le courage. De toute manière, j'ai pas faim. Vous avez faim, vous ?

— Non, pas trop, a répondu Antoine.

— Ça, c'est parce que tu t'es bourré de tarte aux pommes, a fait Paul en désignant la vapoteuse du menton.

Maman a plissé les yeux comme elle faisait toujours quand nos plaisanteries lui échappaient. Je l'ai revue à l'époque où nous vivions tous ici. Elle nous écoutait tandis que les vannes fusaient, la plupart cryptées, tirées de sketchs ou de films. Les Inconnus ou Les Nuls. Coluche ou Desproges. Michel Audiard. Le Splendid. *Un poisson nommé Wanda. Y a-t-il un pilote dans l'avion ? Y a-t-il un flic pour sauver la reine ? Austin Powers.* Parfois elle insistait un peu, écoutait attentivement nos conneries, tentait de comprendre ce qui nous faisait rire là-dedans, et finissait par secouer la tête avec un air affligé.

Mon téléphone s'est mis à vibrer. C'était Stéphane. Il m'écrivait qu'il était bien arrivé et voulait savoir si j'avais prévu quelque chose pour le dîner des enfants. Je lui ai répondu d'ouvrir le frigo, de regarder dans les placards et de faire avec ce qu'il y avait.

Deuxième jour

Il n'avait qu'à prendre ça comme une épreuve de *Top Chef* : réaliser un plat gastronomique avec des produits du quotidien. Défi accepté, a-t-il répondu, avec un smiley en prime. Je l'aurais tué. Je me suis dit allez, c'est bientôt fini, bientôt tu seras libre, et je me suis imaginée tracer des petits bâtons sur un mur et les barrer par paquets de cinq.

Je me suis resservi du vin. Maman m'a regardée d'un air suspicieux : elle ne m'avait jamais vue boire autant. J'ai levé mon verre et j'ai lancé : « À papa ! » Antoine a levé le sien à son tour. Maman s'en est servi un et l'a tendu devant elle, elle aussi. Il ne manquait plus que Paul. On le fixait tous les trois. Il est resté immobile un instant. Le regard un peu perdu. Et puis il a fini par saisir la bouteille. J'ai répété : « À papa ! » Et ils l'ont dit à leur tour. Paul y compris. Nous avons trinqué. Paul a fait tinter le goulot contre nos verres avant de le porter à sa bouche. Et nous avons bu en silence.

Nous sommes passés à table vers vingt et une heures. Antoine n'a pas lâché son portable du repas. On aurait dit Emma. Régulièrement il se mettait à pianoter, reposait l'appareil qui vibrait aussitôt, le reprenait sans attendre et recommençait à taper.
— Tu écris à ta petite amie ? a demandé maman.
Il a hoché la tête mais je savais que c'était faux. Je n'avais pas pu m'empêcher de jeter un œil. Il écrivait à Lise. Et c'était elle qui lui répondait et lui arrachait ces petits sourires qu'il réprimait entre deux bouchées de lasagnes. Paul était allé les acheter peu après le toast que nous avions porté à notre père. Il n'en était pas revenu qu'un traiteur italien ait ouvert dans le centre-ville.
— Elles sont pas mal, ces pâtes, a fait maman. Mais c'était pas la peine d'en acheter des toutes faites. Au prix qu'ils les vendent. J'aurais pu vous en cuisiner. En tout cas ça marche très bien, imaginez-vous, leur affaire. Y a tellement de familles

qui s'installent ici depuis trois quatre ans. Des jeunes couples avec des bons salaires. Dans la rue je suis la plus vieille, maintenant. Alors que quand on est arrivés on était les plus jeunes… Tous les voisins historiques sont morts. Ou en résidence médicalisée. Il n'y a plus personne que vous ayez connu. Je suis la dernière. Et les nouveaux, ils achètent ça à des prix, vous verriez ça. Mais ça ne m'étonne pas. Quoique vous ayez pu en dire, ça a toujours été très bien ici. Il y a de l'espace. Le parc. Le petit bois. Le supermarché. Des clubs de sport. Des écoles pas si mauvaises. C'est ce qu'on s'est dit avec votre père quand j'ai été enceinte de Claire. Que ce serait un bon endroit pour vous élever. Même si on n'avait pas vraiment les moyens. Même si c'était beaucoup plus cher que le HLM où on vivait à l'époque. Mais on s'est dit tant pis. On se serrera peut-être la ceinture mais on aura un toit à nous. Alors on a acheté cette maison. C'était pas la plus jolie, mais elle était pratique et il y avait quatre chambres. Pas bien grandes, vous me direz. Mais on voulait trois enfants et votre père n'en démordait pas : il tenait absolument à ce que vous ayez chacun la vôtre. Faut dire qu'ils étaient nombreux chez lui quand il était gosse. Et qu'il n'a jamais eu d'endroit à lui. C'était ça ses rêves pour vous. Que vous puissiez avoir ce qu'il n'a pas eu. Une chambre chacun. La possibilité d'aller au moins jusqu'au bac. Des vacances une fois par an. Ça aussi il y tenait mordicus. Vous offrir des vacances. Je me souviens, quand il a acheté la caravane, j'ai pensé il est fou, on a déjà le crédit de la maison, on est tout le temps à découvert... Ça ne lui ressemblait pas à votre père d'être imprudent comme ça avec l'argent. Avec quoi que ce soit, du reste. Mais quand il se mettait quelque chose en tête, on ne pouvait pas l'arrêter. Il était buté des fois. Une vraie tête de pioche.

Je n'avais pas quitté Paul des yeux pendant le laïus de notre mère. Mais il s'était contenté de l'écouter avec attention, sans même laisser poindre son demi-sourire ironique habituel. De son côté Antoine avait lâché son téléphone un instant. Et je l'avais vu peiner à contenir son émotion. Et sûrement sa colère quand elle avait laissé entendre que nous aussi, comme Paul, trouvions à redire sur l'endroit où nous avions grandi. Je savais qu'Antoine ne supportait pas d'être assimilé à son frère sur ce point. Ni sur aucun autre, d'ailleurs.

Maman a demandé si quelqu'un voulait un dessert : il y avait des genres de crème à la vanille au réfrigérateur, celles dont papa raffolait les derniers temps, elle lui en apportait à l'hôpital. Pourtant il n'avait jamais trop aimé ça auparavant, les trucs sucrés, les laitages. Ce devait être à cause de son traitement. La dernière fois, au supermarché, elle en avait racheté par automatisme, mais maintenant il n'y aurait plus personne pour les manger. Ça avait vraiment l'air de la chagriner. Je l'ai rassurée en lui

Deuxième jour

promettant de les emporter le lendemain matin pour les enfants. Même si ça supposait que je les stocke toute une journée dans un frigo de l'hosto. J'avais prévu de m'y rendre directement. J'allais déjà devoir me lever aux aurores pour y être à l'heure. Je n'avais pas l'intention de faire un crochet par la maison. Ce serait à Stéphane de s'assurer que les enfants se réveillent, s'habillent, prennent leur petit déjeuner, préparent leurs affaires et ne se mettent pas en retard. Il ne faudrait pas s'étonner si Iris partait sans son cartable, ou si Sacha oubliait son carnet de correspondance. La dernière fois que je les avais laissés se débrouiller, Emma avait raté sa première heure de cours parce qu'elle avait oublié de mettre son réveil.

On a débarrassé en vitesse. Cette fois, on a tout mis au lave-vaisselle. Maman s'est postée dans son fauteuil et elle a allumé le téléviseur. Ils repassaient *Cartouche*. Paul l'a rejointe avec la bouteille de Limoncello qu'il avait achetée chez le traiteur. C'était trop sucré à son goût mais il s'était souvenu que j'aimais bien ça. Et à défaut de whisky ou de vodka, il s'était dit qu'à 30 degrés ça ferait le job pour lui aussi. J'allais m'asseoir à côté de lui sur le canapé, quand mon téléphone a vibré.

— C'est Stéphane, ai-je annoncé avant de sortir dans le jardin pour répondre.

Claire

Je ne sais pas pourquoi j'ai menti. Personne n'en avait rien à foutre de savoir qui m'appelait. J'ai décroché et la voix de Yann m'a demandé si je tenais le coup depuis notre dernière conversation – nous nous étions parlé juste après l'enterrement et il m'avait patiemment écoutée sangloter. Sa femme et ses enfants regardaient *Cartouche*, il avait prétexté l'avoir déjà vu pour aller prendre l'air et me passer ce coup de fil : il avait tellement envie d'entendre ma voix. Je lui manquais. Je lui manquais tant. Et il osait à peine me le dire mais il avait envie de moi, là, tout de suite, rien qu'à m'entendre.

— J'ai encore rien dit, pourtant, ai-je remarqué.
— Même ton silence me fait bander, a-t-il répondu.

Et je me suis demandé si ça aussi c'était à ranger au chapitre de la vie qui continuait malgré tout, et des choses qui s'entremêlaient et transformaient cette existence en une gigantesque farce. La mort de mon père et la voix de mon amant qui me faisait mouiller, tandis qu'au salon de ma maison d'enfance, le fils ingrat et le fils dévoué regardaient un vieux Belmondo avec leur mère en descendant des shots d'alcool italien hauts comme des verres d'eau.

Je suis sortie du jardin et je me suis aventurée dans la rue. Derrière les fenêtres allumées, des familles dînaient. J'ai pensé qu'elles menaient sûrement des vies compliquées, elles aussi. Des vies ballottées par les vents mais vaillantes, têtues, obstinées. Certains devaient s'y sentir à l'étroit. D'autres y flotter un peu. Mais chacun faisait ce qu'il pouvait. Et il arrivait que ce soit tout à fait suffisant. Au moins pendant un temps. En tout cas c'est ce que je voulais croire. J'ai annoncé à Yann que j'allais quitter Stéphane mais il n'a pas spécialement réagi. Il devait se dire qu'il n'y avait rien de neuf sous le soleil. Ce n'était pas vraiment une information. Nous parlions de vivre ensemble depuis pas mal de temps et ça impliquait que chacun se sépare de son conjoint, le principe était acquis, ne restait que la question du moment. Enfin, c'est lui qui parlait toujours de ça, du bon moment, et ça ne l'était jamais tout à fait : sa femme était un peu déprimée ces temps-ci, ses enfants lui paraissaient fragiles ces derniers jours, sa belle-mère venait d'apprendre qu'elle avait peut-être un cancer, il avait des soucis au boulot, une grosse pression à gérer, son chef de service l'avait dans le collimateur, il ne pouvait pas tout mener de front.

J'ai répété :

— Je vais quitter Stéphane. Demain soir. Je vais lui dire.

— Attends. Tu vas lui dire quoi exactement ?

J'ai senti dans sa voix qu'il prenait peur soudain. Il devait déjà se faire le film complet : Stéphane qui me demandait s'il y avait quelqu'un d'autre dans ma vie et moi qui répondais : Oui. Stéphane qui disait : Je le connais ? Oui ? Non ? Donne-moi son nom. J'ai quand même le droit de savoir son nom ? J'ai quand même le droit de connaître le nom du type qui baise ma femme et s'apprête à priver mes enfants de leur mère ? OK. Yann Le Quellec. Un Breton, en plus. Manquait plus que ça. C'est qui ? Un de tes collègues à l'hosto ? Un patient ? Non. Un de tes collègues, j'en suis sûr. Je suis sûr que c'est un de tes collègues. Il habite dans le coin si ça se trouve. Dans la rue, même. C'est peut-être un de nos voisins. C'est sa femme et ses enfants qui vont être contents quand je vais leur annoncer que le beau docteur Breizh se tape l'infirmière en chef...

— Je ne sais pas encore, ai-je répondu. Qu'est-ce que ça peut faire ? Il n'y a pas de bonne façon de rompre, tu sais. *That's no way to say goodbye.*

Yann n'a pas paru percuter et un instant j'ai entendu la voix de Paul s'infiltrer dans mon cerveau : Attends, tu vas quitter ton mari pour un type qui ne saisit pas une référence à Leonard Cohen ? Je l'ai envoyée bouler, cette voix. C'était celle d'un connard prétentieux, d'un snob méprisant, et elle m'encombrait depuis déjà trop longtemps maintenant. Tous ces trucs que je faisais en me demandant ce que mon frère en penserait... Ça valait même pour le film ou la série que je me mettais le soir après le boulot. Pour les disques que j'écoutais. Les types pour qui je votais. Comme si j'avais besoin de son autorisation. Comme si je ne pouvais pas aimer ou penser quelque chose qui n'était pas labellisé *by* Paul Eriksen *himself*.

— Il n'y a pas de manière vraiment civilisée de procéder, ai-je repris. Quoi qu'on dise. Foutre en l'air un mariage, une famille, c'est toujours un saccage. Même quand on a de bonnes raisons de le faire. Même quand l'amour s'est émoussé. Même quand il s'est tout à fait tari. Mais je ne vais pas parler de toi, je te rassure. Tu n'es pas la cause. Tu es le symptôme.

— Ah ben merci. Content d'apprendre que je suis juste ça. Un symptôme. Ça aurait pu être n'importe qui d'autre, quoi, si je résume.

— Mais non... Pardon... Ce n'est pas ce que je voulais dire.

Il y a eu un long silence au bout du fil. Yann marchait dans la rue, lui aussi. Derrière son souffle j'entendais la rumeur des voitures au loin. La plainte d'un chien.

— Qu'est-ce que tu veux dire, alors ?

— Que dans cette histoire tu as été mon révélateur. Que tu m'as révélée à moi-même. Que tu m'as révélé ce que c'était véritablement d'aimer quelqu'un. Avec Stéphane nous avons construit quelque chose. À une époque, nous avons éprouvé de la tendresse l'un pour l'autre. Nous nous sommes accompagnés, soutenus. Nous avons partagé le même chemin. Mais ce n'était pas de l'amour. C'était autre chose. Je m'en rends compte à présent.

— C'est déjà mieux.

— M'en demande pas trop, Yann. Je viens d'enterrer mon père. Je suis chez ma mère, et c'est un vrai champ de bataille. Mes frères tirent à balles réelles d'un bout à l'autre du salon et j'essaie de ne pas m'en choper une au passage. Et puis j'ai pris cette décision de quitter Stéphane, quoi que tu fasses. C'est lourd tout ça. C'est dur à porter, crois-moi. Il me faut de l'énergie et j'en ai très peu. Je suis sur la réserve, là. Ça clignote. Je vais bientôt tomber en panne sèche. J'espère juste que la station n'est pas trop loin. Et que j'ai pensé à prendre un bidon dans mon coffre.

Yann m'a dit qu'il devait raccrocher. À la télé, c'était la pub. Sa femme l'appelait par la fenêtre. Elle lui demandait s'il voulait une tisane. Elle allait ameuter tout le voisinage. Elle faisait toujours ça. Elle ne supportait pas qu'il ne rapplique pas dans la seconde quand elle voulait lui parler. Comme un bon toutou bien dressé. Un peu plus tard il m'a envoyé un texto très tendre. Il tentait un truc autour du bidon dans le coffre qu'il m'aiderait à porter. Ce n'était pas très convaincant, un peu maladroit, Paul se serait sûrement foutu de sa gueule, mais qu'est-ce que ça pouvait faire. À la fin du message, il écrivait qu'on allait bientôt filer sur la même route, lui et moi, qu'il allait bientôt dévier de la sienne pour me rejoindre, c'était juste une question de temps. J'ai rangé mon téléphone dans ma poche et je me suis dit que j'allais m'efforcer de le croire. De toute façon, je n'avais pas d'autre solution. Il me jurait qu'il allait finir par quitter sa femme, qu'il attendait simplement le bon moment. Toujours la même chanson. Il fallait juste prier pour qu'elle ne se termine pas sur le même couplet. « Je peux pas lui faire ça/Elle ne s'en remettrait pas/On a quand même construit quelque chose elle et moi/et ce n'est pas rien/Je n'ai pas l'âge de tout reprendre à zéro/Et puis pense aux enfants. » Le refrain des lâches.

Quand je suis revenue à la maison, mes frères et ma mère étaient toujours devant la télé. Je les ai observés depuis le jardin, par la fenêtre du salon. Antoine ne cessait de surveiller son téléphone. Maman piquait régulièrement du nez. Lentement ses paupières se baissaient, puis quand elles étaient tout à fait closes elle était prise d'un sursaut, écarquillait les yeux, secouait la tête et renouait avec Belmondo. À ses côtés, Paul la couvait d'un regard étonnamment tendre. Comme s'il avait baissé la garde. Comme si regarder *Cartouche* avec sa mère dans ce salon le désarmait. Comme s'il revenait sur les lieux du crime et les retrouvait différents, infidèles à sa mémoire. Et qu'il s'attendrissait soudain sur ce qu'il avait si longtemps cru haïr. Ou bien c'était tout simplement que papa n'était plus là et que ça suffisait à changer la donne. Je l'ai fixé un moment. Ces temps-ci il arborait des cheveux plutôt longs et une barbe grise mal entretenue. Il avait pris du poids et portait des lunettes. Il vieillissait, bien sûr. Comme tout le monde. Même les pédés vieillissent, qu'est-ce que tu crois, me lançait-il souvent lorsqu'on se voyait, une ou deux fois par an seulement et toujours dans des bistros à Paris, et que je le taquinais en lui lâchant qu'il avait sacrément morflé quand même depuis la dernière fois. Mais il n'y avait pas que ça. Au fond mon frère avait passé sa vie à changer. Son apparence n'avait jamais cessé de varier. Comme si lui-même n'avait jamais su à quoi il était censé ressembler. J'avais connu tant de versions de Paul : maigre à faire peur, lourd et trapu comme un ours, glabre, barbu, cheveux longs, cheveux courts, cheveux teints. D'une période à l'autre son style vestimentaire se modifiait lui aussi du tout au tout. Un jour il ne jurait que par des pantalons serrés, des chemises cintrées, des cardigans fins sous des vestes ajustées. Le lendemain il était en jean troué, marinière et sweat à capuche. Il avait eu ses périodes chino et chemise épaisse de bûcheron, tee-shirts informes, couleurs flashy, noir de la tête aux pieds. Comme on l'aurait tendrement dit d'un adolescent, avec l'injonction à la patience et à la bienveillance que cela supposait : il se cherchait. Ou bien c'était le contraire. Il se fuyait. Il y avait une scène dans un de ses films où le héros se regardait dans la glace et voyait apparaître le visage de son propre père, en surimpression. Dans un accès de panique il saisissait des ciseaux et se massacrait les cheveux, puis se rasait frénétiquement en se coupant copieusement au passage. Il finissait la gueule en sang. Mais malgré ses cheveux coupés n'importe comment et la peau de ses joues lacérée par endroits, le miroir lui renvoyait toujours le visage de son père.

Je les ai rejoints au salon. Maman dormait profondément, maintenant. J'ai attrapé le plaid qui traînait sur le canapé et l'ai étendu sur ses jambes. Dans son sommeil elle l'a agrippé et remonté sur sa poitrine en grognant. Du menton, sans quitter la télé des yeux, Paul m'a demandé si je voulais un peu de Limoncello. Je lui ai répondu « juste un doigt » et forcément il a enchaîné :

— T'es sûre que tu veux pas un Limoncello d'abord ?

Même Antoine n'a pas pu s'empêcher de rire. Il avait enfin rangé son téléphone.

— Lise est allée se coucher ? ai-je dit.

— Ouais, c'est un peu ça. Son fils n'arrivait pas à dormir et réclamait un câlin.

— Vous allez vous revoir ?

— Ce week-end, peut-être... Me regarde pas comme ça. Ça n'a aucun sens. Je le sais très bien. Sarah m'aime. Je l'aime aussi. Enfin, je suppose. De toute façon on va avoir un enfant. On va vivre ensemble. Mais je sais pas ce que j'ai depuis quelque temps. Je suis complètement à côté de mes pompes.

— On l'est tous, Antoine. Et ça risque de durer un petit moment... Un sacré long petit moment, même, si tu veux mon avis...

— Ah ben tu sais comment me remonter le moral, toi.

Maman a de nouveau grogné dans son sommeil. Je me suis demandé si elle dormait vraiment ou si elle nous écoutait en cachette. J'ai poursuivi en baissant d'un ton :

— Antoine. On vient de perdre notre père. Je ne vois pas de bonne façon de te remonter le moral. Je ne vois même pas comment ce serait possible. Y a des choses irréparables, dans la vie, tu sais bien.

— Ouais. *That's no way to say goodbye...* Je connais la chanson.

— Vous savez que c'est en regardant *Cartouche* que j'ai compris que je préférais les garçons ? nous a interrompus Paul.

Nous nous sommes tournés vers lui, interloqués. Notre frère avait toujours été le roi du coq-à-l'âne, mais je m'apercevais seulement maintenant qu'en définitive, c'était toujours pour ramener la couverture à lui. Comme s'il avait peur qu'on l'oublie s'il n'occupait pas le cœur des conversations pendant plus de trois minutes.

— J'avais, je ne sais pas, huit, neuf ans, a-t-il poursuivi. On était là tous les quatre dans le salon, devant ce gros poste de télé qu'on avait à l'époque. Je dis tous les quatre parce que t'étais encore petit,

Antoine, et à cette heure-là t'étais déjà au lit. Enfin, à ce moment précis t'étais dans ton lit, parce qu'à cette période, tu te radinais tout le temps dans le mien pendant la nuit. Ça a duré des années, cette histoire. Tu détestais dormir tout seul. Et toutes les nuits tu me rejoignais dans mon pieu. Ça foutait papa en rogne, tu peux pas savoir. Mais c'est moi qu'il engueulait. Comme si j'y pouvais quelque chose. À onze ou douze ans ça t'arrivait encore. Alors là, papa pétait carrément les plombs. Parce qu'il avait compris que j'étais pédé et je sais pas, il devait avoir peur que j'abuse de toi ou un truc comme ça. Je sais pas si c'était très clair dans son esprit, tout ça. Je crois que pour lui à l'époque, l'homosexualité, la pédophilie, l'inceste, c'était un peu lié. Mais bref. On était là tous les quatre, on regardait *Cartouche*, il y avait Belmondo qui virevoltait dans tous les sens, et il portait cette chemise blanche ouverte sur son torse. Et je me suis mis à bander. C'était rien, une érection d'enfant, une petite émotion érotique presque inconsciente. Je ne savais même pas ce que ça voulait dire. C'est toi, Claire, qui m'as expliqué. Tu t'en étais aperçue. Tu m'as fait signe de prendre un coussin pour cacher mon petit truc dressé vers le ciel. Je crois que tu avais peur que papa ou maman s'en aperçoivent et que je me fasse gronder. Je ne vois pas pourquoi ils l'auraient fait, en quoi c'était répréhensible, mais les connaissant tu as sûrement bien fait. Enfin passons. Un peu plus tard, avant qu'on aille se coucher, tu m'as dit que c'était normal, que ça se produisait quand on était excité sexuellement. Ou quelque chose comme ça. Je ne sais plus exactement les mots que tu as employés, mais tu as dit : « C'est à cause des nichons de Claudia Cardinale. » Et c'est là que j'ai su. Je n'en avais rien à foutre, moi des *boobs* de Claudia Cardinale. C'était Belmondo que je trouvais beau. Ça a été mon premier amour, Belmondo. Enfin Belmondo jeune. Jusqu'à ce que j'apprenne l'existence de David Bowie. Je n'avais jamais entendu la moindre de ses chansons. Mais quand j'ai vu la pochette de *Let's Dance* à Auchan, je suis tout de suite tombé raide dingue de lui. Vous vous souvenez ? Il était en boxeur, maquillé, torse nu, beau à tomber. J'ai fini par acheter le disque en cachette. Évidemment j'ai adoré. *Modern Love. China Girl.* Mais je n'ai pas pu l'écouter bien longtemps. Papa l'a découvert en fouillant dans ma chambre. Il le faisait régulièrement, je ne sais pas pourquoi. J'ignore ce qu'il cherchait, ce qu'il s'imaginait. Il n'y avait rien à trouver. À part mon amour platonique pour Belmondo ou Bowie, je filais droit. Je bossais à l'école. Je ne faisais pas de conneries. Je passais mon temps à lire et à écouter de la musique dans ma chambre. J'étais juste un peu solitaire. Je n'aimais pas trop le sport. Ça devait lui sembler louche. Bref, il a trouvé le disque de Bowie et il l'a foutu à la poubelle. Il a carrément déchiré la pochette. Il a même brisé le vinyle en deux. Et il a fourré le tout dans la corbeille à côté de mon bureau pour que je comprenne bien le message.

— T'es sûr que c'est pas encore un truc que t'inventes ? a fait Antoine.

Paul s'est tourné vers moi. Comme si lui-même se mettait à douter. Mais j'ai confirmé. Le coup de Bowie, ça s'était bien passé comme Paul le décrivait. Une engueulade monstrueuse s'en était suivie. Papa avait hurlé que lui vivant, on n'écouterait pas ces trucs de pédés anglais sous son toit. Et ce n'était pas la peine non plus de lui ramener cette pute de Madonna, ou l'autre nègre qui dansait comme une guenon, là, Michael Jackson. Mais j'ai gardé ça pour moi. Antoine n'avait pas connu notre père sous ce jour-là. Ou alors il ne s'en souvenait pas. Ou bien il ne voulait pas s'en souvenir. Ou moi aussi j'inventais. Paul avait peut-être fini par me contaminer à force de ressasser ces histoires.

Je l'ai regardé et lui ai lancé un sourire. Il me l'a rendu. Il paraissait étonnamment apaisé pour une fois. Souvent il avait l'air à cran quand il évoquait ce genre de souvenirs. Il avait du mal à contenir sa rage. Ça se voyait que c'était toujours à vif. Mais pas ce soir. Il nous avait raconté ça sans quitter Belmondo des yeux, avec un petit air rêveur. L'œil amusé. Comme s'il s'agissait juste d'une anecdote marrante de notre enfance. Une de ces histoires qu'on se remémorait entre frères et sœur entre deux

Deuxième jour

verres, en riant. Je me suis demandé si ce serait toujours comme ça, désormais. Si la mort effaçait tout. Comme ces gens connus dont on oublie les frasques, les comportements condamnables, les actes impardonnables, le jour même de leur décès. Soudain tout le monde les aime. On les couvre d'éloges posthumes. Et leur part d'ombre fond au soleil du deuil national. Mais sans doute était-ce temporaire. Sans doute n'était-ce qu'un jour de trêve. Notre père n'allait pas se transformer en doux papa gâteau comme ça d'un coup de baguette magique. En tout cas pas celui que nous avions connu durant notre enfance, Paul et moi. Paul plus que moi, d'ailleurs, si j'étais honnête. La vérité, c'est que j'avais toujours peur pour lui. Peur qu'il se fasse engueuler. Peur qu'il fasse quelque chose qui provoque la colère de papa. Qui l'irrite. Le fasse sortir de ses gonds. La vérité, c'est que Paul n'avait pas grand-chose à faire pour que ça se produise. Il mettait le feu aux poudres sans même le vouloir. Sans en avoir conscience. Juste en étant qui il était. Ses gestes. Sa voix. Son phrasé. Son vocabulaire. Sa façon d'être. Trop affecté. Trop précieux. Trop en demande d'attention, d'affection. Trop tactile. Trop sentimental. Puis une fois adulte : distant, lointain, cruel. Méprisant, arrogant. Froid. Égocentrique. Impudique. Plaintif. Narcissique. Insensible. Malhonnête. Professionnel de l'auto-apitoiement. Voleur. Menteur. Voyeur.

Rapace. Vampire. Mais là, il avait sans doute eu ce qu'il méritait. On aurait même dit qu'il le cherchait.

J'ai reposé mes yeux sur l'écran. C'était la fameuse scène où Cartouche pousse le carrosse dans l'étang. L'eau l'engloutit peu à peu, et avec lui la belle gitane parée d'or et de bijoux. J'ai attrapé la bouteille de Limoncello pour m'en resservir un verre, mais elle avait rendu l'âme. Nous avions la bouche pleine de sucre et une chape de plomb dans la cervelle. Les yeux d'Antoine se perdaient dans le vide. Il a maugréé qu'il ferait mieux d'aller se coucher : il avait cette putain de présentation demain et il lui faudrait partir tôt d'ici s'il voulait être à l'heure. Il ne savait pas comment il allait en être capable. Mais bon, il n'allait pas se plaindre. Vu ce qu'il gagnait. Vu comme il gardait les mains lisses. Comparé à papa. Comparé à la plupart des gens. Il faisait partie des privilégiés. Et de toute manière tout le monde passait trop de temps à se plaindre dans ce pays. Je l'ai écouté embrayer sur un de ces discours qu'il aimait tenir sur la France, ce vieux pays grincheux qui voyait tout en noir, ses blocages, sa rétivité à la modernité, ses pesanteurs, son manque de dynamisme, mais le cœur n'y était plus à cet instant. Il parlait mais c'était juste pour remplir le vide, repousser la tristesse. Juste parce qu'il regardait maman dormir et devait se demander à quoi allait ressembler sa vie maintenant, seule dans cette maison sauf les week-ends, et encore, ceux où nous daignerions lui rendre visite. À une autre époque, l'un d'entre nous l'aurait peut-être prise chez lui, mais elle aurait certainement détesté ça. Peser. Encombrer. Un lexique incompatible avec sa façon d'être, ses valeurs. Tout ce sur quoi elle avait fondé sa vie.

Le générique a commencé à défiler et maman s'est réveillée en sursaut. Elle a mis quelques secondes à reprendre ses esprits puis s'est tournée vers nous.

— Il n'a pas vieilli, ce film. Toujours aussi bien.

Et nous avons éclaté de rire. Elle nous a regardés sans comprendre.

— Maman ! Tu t'es endormie au bout de vingt minutes... a fait Paul.

— Mais pas du tout, s'est-elle défendue, vexée. J'ai un peu piqué du nez à un moment, mais j'ai tout suivi.

C'était une scène ancienne qui se rejouait là. Depuis toujours, neuf fois sur dix, notre mère s'endormait devant la télévision le soir. Surtout pendant les films. Seules les émissions de divertissement la tenaient vraiment éveillée. Les télécrochets. Les concours culinaires. Certains documentaires. Des trucs qui prétendaient parler de la vraie vie des vraies gens, directement, sans filtre. Là, au moins, ça parle de nous, avait-elle coutume de dire, sans que l'on sache très bien à qui se référait ce « nous » exactement, ni à quoi elle opposait ce « là, au moins ». Au cinéma en général ? Aux films de Paul en particulier ? À certains moments de son parcours il n'avait plus eu que ça à la bouche : les « invisibles », les « sans-voix ». Il bassinait tout le monde avec ses histoires de majorité silencieuse sous-représentée par la fiction. Un jour Antoine lui avait dit : « Mais c'est quand même marrant que ce ne soient jamais les gens à qui tu prétends rendre justice, à qui tu entends redonner la parole, même si c'est toujours toi qui les fais parler et des acteurs connus qui les interprètent mais passons, c'est quand même marrant donc que ce ne soient jamais ces gens précisément qui viennent voir tes films. Tu te planques derrière des explications sociologiques fumeuses et d'ailleurs assez méprisantes quand on y réfléchit, mais tu n'as jamais pensé que c'est peut-être parce que ces gens, justement, ne se reconnaissent pas dans le miroir que tu affirmes leur tendre ? Tu ne t'es jamais dit que c'est juste que tu as tout faux ? Et que les critiques et les spectateurs qui te rassurent en louant la justesse de tes films sont incompétents pour en juger ? Comment pourraient-ils savoir si tu vises juste ? Vu qu'ils ne connaissent rien à la réalité dont tu crois parler. Puisqu'ils n'ont jamais été en contact avec elle. Ou qu'ils l'ont perdue de vue depuis des années. Comme toi. Comme moi. »

Paul n'avait rien trouvé à répondre. Il s'était vexé et comme souvent dans ces cas-là avait contre-attaqué en changeant de sujet. Je ne me souviens plus exactement de l'axe qu'il avait choisi ce jour-là, mais cela avait sans doute dû tourner autour des études qu'avait suivies son frère et du boulot qu'il exerçait. Il avait dû l'accuser de s'être mis au service du culte du profit et de la rentabilité, de l'accumulation et de la cupidité, du capitalisme ultralibéral et du creusement des inégalités, quand avec son niveau de diplôme il aurait pu opter pour le contraire : soigner, réparer, éduquer, élever. Avait dû s'ensuivre un de ces débats stériles au cours desquels chacun restait rivé à ses convictions et à ce que son expérience, forcément limitée, lui permettait de comprendre du monde et de ses règles. Antoine parlait création et répartition de la richesse, ruissellement, investissement, développement, innovation. Et Paul lui répondait en idéologue, puisque au fond il ne connaissait rien à tout ça. L'entreprise, l'économie, la sphère « productive », il n'en savait que ce qu'il en lisait dans les journaux. Et encore se contentait-il des pages culture et des chroniques de ses éditorialistes préférés, soit des types tout aussi déconnectés que lui sur ces questions, et qui avaient exactement le même avis que lui sur les autres.

— Bon, je vais me coucher, les enfants, a fait maman.

Elle a dû s'y reprendre à deux fois pour quitter son fauteuil. La première, elle a semblé prise de vertige.

— C'est rien, a-t-elle minoré. Je me suis levée trop vite. C'était juste un étourdissement.

Elle nous a embrassés chacun notre tour. Pas du bout des lèvres, pour une fois. Non. Elle a vraiment appuyé sa bouche contre nos joues en nous serrant l'avant-bras.

— Ne partez pas sans me réveiller, demain matin, hein.

— Maman, a répondu Antoine. On s'en va tôt, Claire et moi. Il faut que tu te reposes. On revient ce week-end, de toute façon. Et je t'appelle demain soir.

Notre mère a secoué la tête. Elle tenait à nous dire au revoir le lendemain. Et à préparer notre petit déjeuner. De toute manière elle mettrait son réveil. Ça ne servait à rien d'insister. J'ai dit : « OK maman, on ne partira pas sans te dire au revoir », et j'ai repensé à tous les matins où elle s'était levée pour nous alors que ce n'était plus nécessaire, que nous étions déjà grands. Chaque jour elle mettait son réveil et descendait à la cuisine, veillait à ce que tout le monde soit bien levé, préparait le thé, les cafés, les chocolats, découpait le pain, posait le beurre et la confiture sur la table, vérifiait que nous étions suffisamment couverts, que nous ne nous mettions pas en retard, que nous n'oublions rien. Sac à dos, clés, tickets de bus, argent, papiers d'identité, copies doubles, livres de cours. Elle nous regardait partir les uns après les autres. Puis restait seule dans la maison silencieuse. Que faisait-elle alors ? Commençait-elle immédiatement à débarrasser la table et à y passer l'éponge avant de chasser les miettes répandues sur le sol à coups de balai ? Allumait-elle la radio ? La

Deuxième jour

télévision ? Buvait-elle un nouveau café, le nez collé à la fenêtre ? Ou bien attablée en feuilletant un magazine ? C'était quoi, sa vie quand nous n'étions pas là ? Au fond, nous ne connaissions notre mère qu'en tant que mère. Et j'étais bien placée désormais pour comprendre à quel point c'était peu.

Scène 4

ANTOINE

Maman est montée se coucher et nous sommes restés au salon. J'ai hésité à confier aux autres combien je la trouvais vieillie ces temps-ci. Je savais ce qu'ils allaient me répondre. C'était normal après ce qu'elle venait de traverser. La maladie de papa. Sa mort. Les funérailles. Et ça n'allait pas s'arrêter là. Elle chuterait longtemps avant de se stabiliser pour quelques années. Puis de nouveau elle déclinerait. Le vieillissement frappait ainsi. Par à-coups. Au gré des épreuves, des maladies, des deuils. Ce n'était pas vrai qu'on vieillissait peu à peu. Non. On vieillissait subitement. Mais à plusieurs reprises. Par paliers. Je savais tout ça. Il n'empêchait que ça me préoccupait. D'autant que d'après moi, la plus récente accélération avait commencé avant la maladie de papa.

Je suis allé chercher une bouteille à la cuisine. J'ai jeté un œil à mon téléphone. Le dernier message de Lise datait de deux heures plus tôt. Elle avait dû s'endormir en berçant son fils. J'avais souvent vu ça se produire avec Claire. Je venais dîner chez elle, les enfants allaient se coucher et une heure plus tard, alors que nous étions en plein repas, Iris ou Sacha se radinaient en chouinant qu'ils n'arrivaient pas à dormir. Après d'âpres négociations, ma sœur finissait par consentir à les raccompagner dans leur chambre pour un câlin. Et elle ne revenait jamais.

— Elle a dû s'endormir, m'expliquait Stéphane. Mais mieux vaut la laisser se reposer. Elle est tout le temps crevée en ce moment. Elle a besoin de récupérer.

Et je devais me farcir le reste de la soirée en tête à tête avec lui. Et si la prochaine fois tu montais à la place de Claire, ducon, avais-je envie de lui lancer. Si pour une fois tu te bougeais les fesses pour t'occuper de tes gosses. Ça m'arrangerait, moi. Parce que c'est ma sœur que je suis venu voir, imagine-toi. Pas ta face de cul ni ta conversation de bulot.

Je ne sais pas ce qu'il avait, ce type, l'idée qu'il se faisait d'une soirée entre mecs, mais dès que Claire sortait de la pièce, tout dérapait : il se mettait à me commenter l'actualité façon comptoir, ou à m'entreprendre sur des sujets dont je n'avais rien à foutre, le bricolage ou l'immobilier, les barbecues, la Ligue 1, *Star Wars*, le dernier épisode de *Koh-Lanta*, que sais-je, et m'abreuvait de blagues de vestiaires, souvent graveleuses, parfois misogynes. J'hésitais à trouver une excuse bidon pour partir plus tôt, je me tapais assez de mecs dans son style au taf comme ça, mais le plus souvent je culpabilisais. Je me disais : Et si Claire redescend ? Et puis j'avoue que les vins étaient bons. Non pas qu'il s'y connaisse. Mais Stéphane était du genre à suivre scrupuleusement les conseils d'experts dont d'autres experts certifiaient qu'ils étaient les meilleurs. Et il faisait ça pour tout. Le moindre achat. Le moindre choix. Y compris pour les films ou les séries. Pour voter, même, si ça se trouve. En toutes choses il s'en remettait aux spécialistes, aux testeurs, aux avis autorisés. Confrontait les notes. Évaluait les évaluations. Et une fois le choix effectué, s'estimait satisfait parce qu'il était statistiquement censé l'être. Tu lui disais ouah, il est bon ce vin, et lui il te répondait bien sûr, il a reçu cinq étoiles sur tel site lui-même évalué cinq étoiles par des évaluateurs notés cinq étoiles. Mais tu n'étais même pas sûr qu'il le trouve vraiment bon, ce rouge à trente boules la quille, lui, personnellement, du seul point de vue de son palais.

Quand je suis revenu au salon avec une bouteille de languedoc que personne n'avait jamais dû prendre la peine de noter où que ce soit, un de ces vins qui ne prétendaient à rien et de ce point de vue tenaient leurs promesses, Paul était penché sur un album photo. De temps à autre il désignait un cliché à l'intention de Claire et elle souriait.

— Merde alors, j'ai fait. Je ne pensais pas voir ça avant de crever.

Deuxième jour

— Quoi ? a répondu Paul sans quitter les photos des yeux.

— Ben, je croyais que tu vomissais la nostalgie. Les traces. Tout ce qui te ramène en arrière.

— Je dois vieillir, je suppose. Je m'attendris. Je vais finir tout dégoulinant, du sépia plein les doigts.

— Ça va... T'as de la marge, a tempéré Claire. Tu pars de loin.

Paul a levé le visage vers nous. Un instant j'aurais juré qu'il retenait ses larmes.

— Non, je rigole pas, il a repris. C'est vraiment bizarre. Ça m'est arrivé brutalement. J'ai été le premier surpris. Depuis quelque temps, je me suis mis à chérir les choses du passé. Des chansons, des acteurs, des lieux qui me ramènent à l'enfance ou à l'adolescence. Et pas seulement ce que j'aimais à l'époque. Non. Ça me le fait aussi avec des trucs que je détestais. Ou que je croyais détester. Y a des chansons, tu me les passes aujourd'hui, je suis au bord des larmes. Alors qu'à l'époque, je sais pas, je les trouvais ringardes. Variétoches. Tu me mets un vieux titre de Véronique Sanson, je chiale. Pourtant tu te souviens, Claire, comme je pouvais pas la blairer. Et Yves Montand. Tu te souviens comme il m'insupportait. Même dans *César et Rosalie*, hein. Même dans *Le Sauvage*. Je l'imitais tout le temps en me foutant de sa gueule. Eh ben tu peux pas savoir comme il m'émeut maintenant. Tous les types de cette époque-là, d'ailleurs. Piccoli et les autres. Dewaere, je t'en parle même pas. Les actrices aussi, bien sûr. Romy. Marlène Jobert. Fanny Ardant. Je l'aimais pourtant pas beaucoup à l'époque, Fanny Ardant. Même chez Truffaut. Et ça me fait ça pour tout. Les objets. Genre les vieilles raquettes de tennis. Les cassettes BASF. Les walkmans. Les vieux appareils photo qu'on avait, là, vous savez, tout en longueur. La carte orange. C'est débile, hein, de s'émouvoir d'une carte orange. D'une vieille Peugeot dans un film. Avec les types en imper beige qui clopent du matin au soir. Les œufs durs sur le comptoir. Les téléphones dans les cafés. Tout ça me faisait gerber à l'époque. C'était déjà plus notre monde. C'était celui des parents. Je trouvais ça rance. Plouc. Et là, tu vois, je regarde ces photos et c'est vrai, je suis nostalgique. Comment c'est possible ? J'étais pas tellement heureux, tu sais, Antoine. J'étais pas un enfant tellement heureux. En tout cas, c'est pas comme ça que je m'en souviens. Y a sûrement eu des moments heureux, je dis pas. Mais c'est pas la sensation qui domine, loin de là, quand j'y repense. Et je te parle même pas de l'adolescence. Je sais que c'est peut-être injuste. Que je vois les choses d'une façon déformée ou exagérée. Je sais que c'est ce que tu penses. Et aussi que c'est pas une raison pour être devenu un connard pareil. Que ça n'excuse, ni n'explique rien. Mais c'est comme ça. Et tu vois, là, je regarde ces photos et ça me serre le cœur. Ça me le serre pas comme une douleur, non. Ça me le serre comme une tendresse. Ne va pas croire que c'est un genre d'auto-apitoiement. Que je m'émeus de mon propre sort. Non, c'est tout le reste qui m'émeut. Les lieux. Les gens. Claire. Toi bébé, enfant, adolescent. Grand-père. Grand-mère. Maman. Papa, avec sa moustache, là. Tiens, regarde-moi cette gueule. T'as vu comme il fait jeune ? C'est dingue, non ? De réaliser à quel point ils étaient jeunes à l'époque. Putain quand je vois ça, tu comprends, je me rends compte que je viens d'un monde ancien, révolu. C'est ça la différence entre nous. À six ans près. Ou alors c'est une question de caractère. De constitution. Toi t'es un mec du nouveau monde, comme ils disent. Moi je freine des quatre fers. Internet m'emmerde. Les réseaux sociaux m'emmerdent. Les débats d'aujourd'hui m'emmerdent. J'écoute plus que des vieux trucs. Je relis mes vieux livres. Bon, le cinéma c'est pas pareil, parce que je suis dedans, mais le reste... Je suis scotché au passé.

Paul s'est tu et a laissé planer un long silence plein d'emphase. J'imagine qu'après un monologue pareil c'était un truc qui se faisait. Une vieille ficelle de metteur en scène. Rebattue. Usée jusqu'à la corde.

— OK Boomer, j'ai dit. T'es juste en train de devenir un vieux con, en fait. T'es juste en train de virer réac. C'était mieux avant. Je comprends plus rien à l'époque.

— Peut-être... C'est possible. Ou alors ça n'a rien à voir. Je ne sais plus très bien. Depuis un ou deux ans, je viens souvent ici, vous savez.

— Ici ? Dans cette maison ? a demandé Claire, faussement étonnée.

Je savais parfaitement qu'elle était au courant. Maman lui avait confié que Paul était venu la voir à plusieurs reprises ces derniers temps. Elle m'en avait parlé dans la bagnole en allant à l'enterrement.

— Non, a menti Paul. Ici. Dans cette ville. Je me gare près de la forêt. Ou à côté du collège. Ou au bout de la rue.

— Et qu'est-ce que tu fais ?

— Rien. Je marche. Je regarde. Et je sais pas, souvent je me prends à sourire, comme ça, pour rien. Je passe devant ces maisons. Je vois ces jardins. Les jouets qui traînent. Les chiens. Les massifs de fleurs. Les barbecues. Les tables de ping-pong. Les tricycles. Je souris et j'ai comme une boule dans la poitrine. Pas une boule qui m'empêche de respirer ou me met en colère. Non. Juste un petit poids, assez doux au fond. Une petite boule de nostalgie, quoi. Avant, c'était comme des morceaux de verre en plein cœur. Aujourd'hui c'est un truc plutôt tendre. Pas désagréable. Tiens... regarde celle-là. Oh putain, le pull ! Et ta coupe !

— Attends, tu peux parler... T'as vu ta chemise ?

On a fini par s'installer sur le canapé, tous les trois. Claire et moi, on entourait Paul tandis qu'il

Deuxième jour

tournait les pages. Elle le regardait faire et fallait croire que son petit speech l'avait touchée. Qu'elle avait avalé tous ces trucs sur le passé et la tendresse qu'il ressentait à présent. Je ne comprenais pas comment elle pouvait marcher comme ça dans ses combines foireuses. Comment elle pouvait croire encore un instant en sa sincérité. Et puis, même s'il pensait un minimum tout ce qu'il venait de nous livrer, qu'est-ce que ça changeait ? En quoi ça réparait le mal qu'il avait fait ? En quoi ça réparait quoi que ce soit ?

J'ai eu un mal de chien à m'empêcher de chialer. Je n'avais pas versé une larme de la journée, c'était pas maintenant que ça allait commencer, merde. Je les connaissais pourtant par cœur, ces images. Je les ouvrais souvent, avec maman, ces albums. Papa était moins client. Il faisait mine de trouver ça trop sentimental, cette manie de regarder des vieilles photos, les yeux mouillés, mais je savais que c'était autre chose. Je savais que sous ses airs durs, il n'avait pas la carapace. Je savais qu'il avait trop de regrets pour s'infliger ça. Voir Paul gamin. Toujours fourré avec Claire. Toujours à faire les clowns ou en train de jouer. Déguisés. Affairés avec leurs Playmobil. Leurs Big Jim. Leurs Barbie. Leurs GI Joe. Penchés sur un Docteur Maboul ou un Puissance 4. Dans le jardin avec des écumoires sur la tête en guise de casque, des bouteilles en plastique en guise d'épée. Des raquettes de badminton pour toute guitare. Sur leurs vélos dans la forêt. Tête-bêche sur le canapé, plongés chacun dans une BD. *Astérix, Boule et Bill, Iznogoud, Les Tuniques bleues, Gaston Lagaffe*. Sous la tente à côté de la caravane, dans la lumière orangée de la toile, emmitouflés dans leurs duvets, et seules leurs têtes hilares dépassent. Où étaient les traces d'une vie contraire ? Où était passée l'enfance que Paul affirmait avoir vécue ? Qu'on lui amène des preuves.

Les photos défilaient. Au bout d'un moment j'ai fait mon apparition. J'étais bébé et Paul me tenait dans ses bras, un grand sourire radieux aux lèvres. À ses côtés, Claire paraissait en extase. Ils avaient l'air fiers comme des papes, tous les deux, fixant l'objectif, assis sur le canapé du salon. Sur toutes les images, ils me couvaient de leurs regards remplis de tendresse. Même quand je grandissais et que j'étais toujours fourré dans leurs pattes. Il y avait aussi des tas de clichés où j'étais seul. Des tonnes, même. Il y en avait plus de moi que d'eux deux réunis avant ma naissance, mais c'est comme ça dans toutes les familles, non ? J'étais le petit dernier, après tout. La petite merveille, comme disait grand-mère.

Paul a attrapé un nouvel album. Celui-ci datait d'avant nos naissances à tous les trois. Il s'ouvrait sur les photos du mariage de nos parents : maman en robe blanche très simple, épurée, étonnamment moderne, coiffée à la mode de l'époque, choucroute façon Sylvie Vartan, papa endimanché, le nœud de

Deuxième jour

cravate trop serré, et même immobile on avait l'impression qu'il se dandinait. Le reste, c'était le bonheur d'un jeune couple, des sourires, des gestes, des attitudes qu'il nous aurait été difficile d'intégrer vraiment si ces photos, nous ne les avions pas déjà vues. C'étaient des images qu'il nous était impossible de relier aux parents que nous avions connus, comme si avec notre arrivée quelque chose avait radicalement changé. Comme si nous les avions soudain amputés d'une partie d'eux-mêmes. Où étaient passées l'insouciance, la vitalité ? Ils avaient l'air tellement cool et sexy sur ces photos, clope au bec sur les grands boulevards à Paris, au volant de leur 2CV sur des routes de campagne, avec leurs amis au milieu des vivres et des bouteilles sur la nappe étendue dans un champ, un jardin, au bord d'une rivière. À quel moment s'étaient-ils métamorphosés ?

D'autres albums ont suivi. À quelques apparitions de maman près, mais jamais seule, toujours affublée de l'un d'entre nous, nos parents n'y figuraient plus. Ce n'était plus que nous, nous et nous. De photo en photo, nous grandissions. Claire fidèle à elle-même, sans à-coups, sans grande mue, sans rupture. Petite fille sage, un peu renfermée, sans histoires. Adolescente sérieuse, discrète, effacée. Jeune adulte responsable, dévouée, aînée jusqu'au bout des ongles. Paul insaisissable au contraire, de plus en plus rétif, toujours plus soucieux de lui-même. Cheveux longs, cheveux courts, cheveux teints. Corbeau, grunge, new wave, néo-hippie, dandy poète, gay honteux, gay assumé, tout y passait, à part rasta blanc, joueur de djembé ou altermondialiste en sarouel, Dieu merci. Et bientôt Claire et lui se faisaient plus rares et il ne restait plus que moi. Plus loin, papa et maman réapparaissaient. C'était moi qui prenais la plupart des photos désormais. Paul ne venait plus qu'un week-end sur deux, puis qu'un week-end sur quatre ou cinq, puis ce n'étaient plus que pour Noël et les anniversaires, et enfin plus rien. Ses premiers films étaient sortis, tout s'était envenimé et après ça, il avait fait pire, comme on jouit de faire mal, comme on cherche à se compromettre soi-même, jusqu'à ce que tout explose. Quant à Claire, on ne la voyait plus que dotée d'un mari et d'enfants, toujours en retrait, toujours à l'arrière-plan, plus jamais seule, mais comme faisant partie d'une entité dont elle n'était qu'un élément.

Paul semblait fasciné. Comme si c'était la première fois qu'il voyait tout ça. Comme si c'étaient les photos d'une autre famille que la sienne qu'il voyait défiler devant ses yeux. Des albums relatant la vie d'étrangers, qu'il aurait trouvés dans une brocante, un vide-grenier. Ou dans les placards d'une maison de location, au fin fond de l'Ardèche, avec le grand jardin et la rivière qui coule en contrebas, comme dans son huitième film, dont il disait toujours que c'était son préféré, le plus sincère, le plus personnel, alors que c'était celui qui avait le moins bien marché, et personne ne savait si c'était une nouvelle preuve de son snobisme de décréter que son meilleur film était celui qui avait été le moins bien reçu, ou si c'était vraiment ce qu'il pensait. En tout état de cause, à mon avis ce n'était ni son meilleur ni son moins bon, mais sans doute le plus inattendu, le plus éloigné de sa manière et de ses thèmes habituels. Le plus directement fictionnel. Et de ce point de vue, paradoxalement, le moins menteur, le moins roublard, le moins malhonnête.

Il a ouvert un dernier album. C'était le sien. Celui qui lui était consacré depuis que papa lui avait ordonné de ne plus jamais remettre les pieds ici. C'était là qu'étaient consignées les coupures de presse au sujet de ses films et de ses pièces, les photos glanées sur Internet à l'occasion de cérémonies ou de festivals. Les articles. Les interviews. Même celles où il racontait n'importe quoi. Même celles qui rendaient maman silencieuse et atone pendant des jours entiers, parfois des semaines. Même celles qui coupaient l'appétit à papa, soudain il ne comprenait pas ce qui lui arrivait, il ne pouvait plus rien avaler, tout lui pesait sur l'estomac, lui donnait la nausée. Il ne digérait pas. Au sens strict, comme au sens figuré. Mais je ne crois pas qu'il ait jamais fait le lien.

Paul l'a refermé aussitôt, plus agacé qu'ému, comme si cet album l'accusait de quelque chose. Puis il est sorti fumer une énième cigarette. Nous nous sommes levés à notre tour et l'avons rejoints sur la terrasse. Claire lui a fait signe de lui passer sa clope. Elle a pris une taffe.

— Quoi ? elle a dit devant mon regard interdit.
— Ben, je sais pas. T'es pas censée fumer.
— Comment ça, « je ne suis pas censée fumer » ? elle a répondu en rendant la cigarette à Paul. Et y a d'autres trucs, comme ça, que j'ai pas le droit de faire, d'après toi ? Et puis c'est pas fumer, ça. C'est juste partager une clope avec mon frère.
— Ouais, a renchéri Paul en me tendant la clope, c'est le calumet de la paix.

J'ai hésité. Sans très bien savoir pourquoi. Parce que je n'en avais pas touché une depuis trois ans et que je m'en tenais strictement à la vapoteuse pour ne pas retomber dedans ? Ou parce que je prenais trop au sérieux cette histoire de « calumet de la paix ».

— Allez, a dit Paul. Ça ne t'engage à rien. Personne ici ne va signer de traité de paix pour les vingt ans à venir. C'est juste une trêve. En l'honneur de papa.
— Ah ouais, j'ai répondu. C'est les criminels de guerre qui proposent les trêves, maintenant ? En général, au mieux, ils y consentent de mauvaise grâce, non ?
— OK. Oublie, il a fait en portant le mégot presque éteint à sa bouche.

Deuxième jour

Il a tiré dessus à trois reprises avant de le laisser tomber et de l'écraser sous son talon.

— Vous savez ce que m'a dit papa quand je suis venu le voir à l'hôpital, la première fois ? a-t-il repris sans nous regarder, les yeux rivés sur la maison d'en face où tous les volets avaient été fermés avant même la tombée de la nuit. Il m'a dit : « Ce que j'ai du mal à comprendre, c'est pas tant tes films en eux-mêmes, et le fait que tu y règles tes comptes avec moi, avec ton enfance, avec ces trucs réels ou que tu t'es inventés, peu importe, et ne va pas croire que je me défausse, j'ai sûrement ma part de responsabilité dans ton mal-être, même si je ne suis pas sûr de devoir en endosser une si large, non, tu vois, ce n'est pas ça qui me chiffonne. Ce qui m'embête, c'est qu'après tant de films et de pièces à ressasser toujours les mêmes choses, à remettre de l'huile sur le feu, tu n'as pas l'air d'aller mieux. C'est même de pire en pire. Tu es de plus en plus torturé, amer, blessé, on dirait. Et je me demande pourquoi tu t'acharnes comme ça. Parce que l'impression que tout ça me laisse, c'est que faire des films et monter des pièces, ça ne te rend pas heureux. Tu t'es tellement battu pour ça. Faire du cinéma. Du théâtre. Tu as sacrifié tellement de choses, perdu tellement d'amis, de proches qui t'aimaient pour nourrir tes films, et ça t'a même permis de connaître un certain succès, tu es reconnu par ceux dont l'opinion t'importe, je crois. Mais à l'arrivée, ça ne te rend pas heureux. En tout cas c'est ce qu'on ressent en regardant tes films. Ce type n'est pas heureux. Et c'est pareil quand on écoute tes interviews. Tu n'as jamais pensé à suivre une autre voie ? Passer à autre chose. Sortir un peu de toi-même au lieu de ruminer sans cesse, de t'enferrer dans tes obsessions. Tu n'as jamais pensé qu'à force de triturer tes cicatrices, tu avais fini par les rouvrir. Qu'à force de fourrer tes doigts dedans, tu en avais fait des plaies suintantes, purulentes. Tu as fini par sécréter ton propre pus. Et ça te ronge. Comme une maladie auto-immune, ou que tu te serais inoculée toi-même. »

Paul s'est interrompu un moment et pas un instant je n'imaginais papa prononcer de tels mots. Il inventait encore. Tordait les choses comme toujours. Interprétait. Exagérait. Papa lui avait peut-être sorti : faire des films n'a pas l'air de te rendre heureux. Oui, c'était bien possible. Mais le reste, c'était du Paul tout craché, c'était lui dans toute sa splendeur, plein cadre, en train de jouer son propre personnage sur une scène où nous étions ses faire-valoir, de simples figurants.

— J'en crois pas un foutu mot, j'ai dit. Je sais bien que dans dix minutes tu vas regagner ta chambre, ouvrir un carnet et noter ta grande tirade pour ta prochaine pièce. Et tu seras content de toi. T'auras pas complètement perdu ta journée. T'auras pas complètement perdu ton temps avec nous. T'auras pas complètement perdu ton temps en venant à l'enterrement de ton propre père. Mais je te dis quand même bravo pour l'auto-analyse. Et t'inquiète, je te le donne haut la main, ton Molière du grand dramaturge narcissique égocentré. Mais dis-moi. Juste une chose : qu'est-ce que tu veux que ça nous foute, tes histoires ? Qu'est-ce qu'on en a à carrer ? Tu veux quoi ? L'absolution ? J'ai déconné, les mecs, je suis désolé. Je me suis acharné sur vous toutes ces années mais ça ne m'a même pas soulagé, je crois même que ça a fini par me rendre dingue. Alors plaignez-moi, je vous en supplie. Pardonnez-moi et plaignez-moi. C'est moi vous ai fait du mal mais plaignez-moi. Plaignez-moi de vous avoir fait tant de mal. Et vous savez quoi, ça ne m'a même pas rendu heureux. J'en profite même pas autant que je le devrais. J'en jouis même pas. C'est triste, hein ? Pleurez sur moi mes frère et sœur que j'ai trahis. Pleurez sur moi mes chers parents que j'ai reniés, insultés, jetés en pâture. Pleurez sur moi mes chers amis que j'ai trompés, vidés, vampirisés. Pleurez sur moi. Moi. Moi. Moi. Encore et toujours moi.

Paul m'a regardé un moment, un sourire énigmatique fiché aux lèvres. À ses côtés Claire semblait perdue. Indécise. Comme souvent, elle ne savait pas où se situer. Dans quel camp se ranger. De quel côté combattre. De toute façon, elle n'avait aucune raison de le faire. Je les ai plantés là et je suis monté à l'étage. Par la porte entrebâillée, j'ai regardé ma

ANTOINE

mère qui dormait. Elle s'était sagement installée de son côté du lit même si papa n'en occupait plus l'autre. Même s'il ne s'y coucherait plus jamais. J'ai senti les larmes dévaler mes joues et cette fois je n'ai pas cherché à les retenir. Il n'y avait aucune raison de le faire. Mon père était mort et je venais de l'enterrer. Et à ce stade je ne savais pas comment j'allais bien pouvoir m'en remettre. À ce stade, « la vie continue » m'apparaissait comme la phrase la plus scandaleuse qui soit.

J'ai regagné ma chambre. Sur la table de nuit, mon téléphone affichait deux nouveaux messages de Sarah. Nous en avions échangé une poignée au fil de la journée. Que j'aie fini par annoncer la grande nouvelle à ma mère avait paru la rendre heureuse. Un instant, j'ai pensé à l'enfant qu'elle portait. J'ai pensé que dans quelques mois j'allais devenir père, alors que je venais de perdre le mien. Et je n'ai pas su quoi faire de cette constatation. J'étais juste triste à l'idée que mon enfant ne connaisse jamais son grand-père. Et qu'il ne soit pas rejoint un jour par une petite sœur, un petit frère. Qu'il n'ait pas la chance de connaître une famille comme la mienne.

J'ai envoyé un nouveau message à Lise. Finalement, je n'étais pas libre ce week-end, mais on se verrait une autre fois, lors d'un de mes prochains passages ici. À moins qu'elle ne vienne à Paris un de

Deuxième jour

ces jours. Nous pourrions même dîner tous ensemble. Ce serait l'occasion pour moi de revoir Éric, après tout ce temps. De rencontrer leurs enfants. Et pour eux de faire connaissance avec ma compagne.

Acte III

Troisième jour

Paul

Quand je me suis levé, Claire et Antoine étaient déjà partis. J'ai aperçu ma mère dans le salon. Elle tenait à la main une tasse de thé, sûrement la quatrième ou la cinquième depuis son réveil, et fixait le téléviseur allumé sur une émission matinale. J'ai reconnu la voix du chroniqueur cinéma, un type qui officiait dans un magazine dont je me sentais plutôt proche mais qui avait toujours cru bon de défoncer mes films, quand il ne se mettait pas en tête de m'attaquer sur un plan plus personnel. Ça faisait partie des paradoxes du métier. On ne choisissait pas ses ennemis. Ni ses soutiens. Je me suis préparé un café et suis allé le boire sur la terrasse. J'ai fait un petit signe à ma mère à travers la vitre. Elle n'a pas semblé me voir. Ses yeux paraissaient rivés sur la télé mais je crois qu'en réalité ils se perdaient dans le vide. À moins que ce n'ait été dans le passé. Ce qui, en définitive, revenait au même. Elle n'était pas tout à fait là, et ça risquait malheureusement d'empirer. J'ai allumé ma première clope de la journée. Je n'avais personne pour me dire d'arrêter. Pas d'enfant ni de conjoint moralisateurs pour me faire les gros yeux. À part ma mère, personne ne s'inquiétait pour moi et c'était très bien ainsi.

J'ai fumé en la regardant. Quand j'étais allé voir mon père à l'hôpital, la deuxième fois, juste avant que je reparte il m'avait confié : « Ta mère est malade. Elle le sait plus ou moins mais je ne suis pas sûr qu'elle réalise à quel point. Elle doit faire des examens complémentaires, ça ne sent pas bon. Si c'est ce qu'on craint, elle va se maintenir entre deux eaux pendant quelques mois, peut-être quelques années si elle a de la chance, et puis elle va décliner d'un coup, brutalement, c'est comme ça que ça se passe dans ce genre de cas. Je voudrais que tu t'en occupes. Que tu l'accompagnes pour les examens. Que tu discutes avec les médecins. Que tu règles tout ce qu'il y aura à régler une fois que je ne serai plus là. Que tu prennes les dispositions qui s'imposent. Une aide à domicile ou ce que tu jugeras bon. Mais pas l'Ehpad. Avec ta mère on s'est toujours dit qu'on ne finirait jamais dans un de ces trucs. Avec tous ces vieux qui attendent la mort en jouant au bingo sous les yeux d'aides-soignantes qui te parlent comme si t'avais deux ans ou que t'étais demeuré. On s'est toujours juré qu'on trouverait le moyen de s'en aller avant de perdre la tête ou d'être une charge pour vous ou pour la société. On ne veut peser sur personne, tu comprends. On s'est toujours débrouillés pour ne rien demander à qui que ce soit. Ce n'est pas maintenant qu'on va commencer. C'est pour ça que le moment venu, si tu crois que c'est la meilleure solution, je voudrais que tu te renseignes pour, tu sais, enfin... la Suisse, quoi. Je ne peux pas demander ça aux autres. Ta sœur a déjà assez à faire avec son boulot et ses enfants. Elle ne va pas avoir en plus ses vieux parents sur le dos. Et puis Antoine, tu le connais, il est trop fragile. Trop à fleur de peau dès qu'il s'agit de nous. Je n'aime pas bien ça, d'ailleurs. Je n'aime pas qu'il s'en fasse autant comme ça depuis toujours. Ce n'est pas dans l'ordre des choses. C'est aux parents de se soucier des enfants. Pas le contraire. Enfin bref. C'est tout ce que je te demande. De t'occuper de ta mère tant que c'est possible, et de te renseigner pour la Suisse quand ce sera nécessaire, si tu ne vois pas d'autre solution et si c'est toujours ce qu'elle souhaite, mais ça m'étonnerait qu'elle change d'avis. J'ai mis de l'argent de côté pour ça. Il y a une pochette dans le bureau de notre chambre avec les instructions pour les comptes, je t'ai fait une procuration, j'ai tout réglé avec la banque. Je sais que tu sauras faire ça. Je suis sûr que tu connais les bonnes personnes. Ou que tu connais des gens qui les connaissent. Et puis c'est toi le plus solide des trois. Ta mère n'a jamais compris ça. Elle est toujours entrée dans ton jeu. Le truc de l'enfant fragile.

De l'artiste avec ses failles et ses doutes. Mais tu sais aussi bien que moi que c'est du flan. Du reste, depuis que je suis à la retraite j'ai eu le temps de m'intéresser à tout ça. Enfin je m'y suis intéressé parce que t'es là-dedans. Et je vois bien que dans ta partie, les gens sont au moins aussi durs que partout ailleurs. Peut-être pas à la base. Je veux dire, enfants ou adolescents. Mais une fois devenus adultes. Sans doute parce que chez vous aussi il y a beaucoup de gens qui espèrent et peu d'élus. Que vous êtes jugés tout le temps. Par les critiques. Par le public. Sur le nombre d'entrées. Les prix reçus. Les notes des spectateurs. Tout le temps évalués. Mis en concurrence avec les autres, les anciens, les nouveaux. Je vois bien que chez vous aussi tout le monde se jalouse, se compare, s'épie. Que tout le monde pense que le succès de l'autre lui vole le sien. Que tout le monde attend que l'autre se casse la gueule, décline, libère la place. Ça, je l'ai bien compris. Mais ça n'excuse rien, hein. Ne va pas croire que je te plains. C'est partout pareil. Je me contente de constater. Et de t'expliquer pourquoi je te demande ça à toi et pas aux autres. Parce que tu es devenu ce que ton milieu a fait de toi. Contrairement à ton frère. Quant à ta sœur, je la sens déjà au bord de l'implosion. Et je ne veux pas lui faire prendre le moindre risque. Elle a des enfants à charge. De toute façon ta mère ne veut pas qu'ils soient au courant. Je sais, c'est idiot. Ils vont bien finir par s'en rendre compte. Mais elle ne veut pas leur causer de souci. Ou le plus tard possible. C'est pour ça qu'elle veut que tu t'occupes de tout. »

Quand il m'avait dit tout ça je m'étais demandé un instant si ma mère était réellement au courant, s'il ne manigançait pas tout ça derrière son dos. On avait beau les percevoir comme indissociables, ils étaient tout à fait capables de ce genre de cachotteries l'un envers l'autre. Les premiers temps, quand mon père et moi on ne se voyait plus, qu'il ne voulait plus entendre parler de moi et vice versa, elle avait maintenu le contact en secret. Elle m'appelait au téléphone quand il sortait. M'envoyait des mails à l'aide d'une adresse qui ne servait qu'à ça, et dont mon père ignorait l'existence. Régulièrement elle prenait le train et prétextait un rendez-vous médical à Cochin ou à la Pitié-Salpêtrière pour me rejoindre à Paris. Nous déjeunions ensemble dans une brasserie. Elle prenait invariablement un croque-monsieur avec une salade, des frites et un verre de vin rouge. Elle appelait ça son « petit luxe ». Un croque dans un bistro en regardant les gens passer dans une rue de Paris, c'était ça son idée de la grande vie.

En sortant de l'hôpital ce jour-là, j'avais repensé à une interview de Maurice Pialat que j'avais visionnée quelques semaines plus tôt. Il venait de perdre son père. Ou sa mère, je ne sais plus. Ou il était sur le point de. Et il disait que dans son enfance, à tort ou à raison, il s'était senti mal aimé.

Ou qu'il avait été mal aimé. Ou que ses parents ne s'étaient pas vraiment occupés, ou souciés de lui. Je ne me souvenais plus des termes exacts. Je leur avais trop substitué mes propres mots, comme toujours. En tout état de cause, le « à tort ou à raison » était de moi. Bref, il parlait de ses parents qui l'avaient négligé ou mal ou pas aimé et il confessait s'être vengé d'eux à travers ses films. Plus ou moins inconsciemment. Et maintenant ils étaient morts ou ils allaient bientôt l'être, et il n'en était pas fier. Il disait ça, la voix étranglée et le regard humide : je n'en suis pas fier. C'est à cause de cette interview que je m'étais décidé à aller voir mon père à l'hôpital quelques jours plus tard. Une fois encore, Pialat avait été mon guide. C'est lui qui m'avait donné envie de faire mon métier. Et avec lui et quelques autres comme modèles, jusqu'ici je m'étais senti dans mon bon droit. J'avais vécu ce que j'avais vécu. Ou alors je l'avais ressenti comme ça, ou c'est ce dont je me souvenais, et ça revenait au même. C'était mon histoire. J'avais le droit d'en donner ma version. De lui être fidèle ou de la réinventer de fond en comble. Quoi qu'il m'en coûte. Quoi qu'il en coûte à mes proches. Et puis les films étaient mon espace de liberté inaliénable. C'était non négociable. Mais voilà que Pialat me disait maintenant qu'il n'y avait pas de quoi en être fier.

Paul

La dernière fois que j'avais vu mon père il m'avait dit aussi : « Déjà tout petit tu te croyais au-dessus de tout le monde. Tu avais cette espèce de complexe de supériorité. Tu étais si raisonneur, si donneur de leçons et péremptoire depuis ton mètre douze. Tu n'écoutais rien. Tu n'obéissais jamais immédiatement. Et tu voulais toujours te faire remarquer. Toujours te mettre en avant. Ce que ça pouvait me foutre en rogne. Tu ne peux pas savoir. Enfin, si, tu peux savoir. C'est vrai que je n'avais pas la patience. Et je sais que j'ai été trop dur avec toi. Même si je n'ai pas eu besoin de l'être avec les autres et que de ce point de vue, je ne peux pas m'empêcher de penser que tu en as été le premier responsable. Tu m'agaçais tellement. Ça me portait tellement sur les nerfs de tout devoir justifier, de devoir hausser la voix pour que tu obtempères sans poser de questions, de te demander cent fois de te taire, de parler moins fort, de faire moins de bruit, d'arrêter de gigoter, de faire des manières avec tes mains, de pleurnicher, de chialer pour un rien. Je me disais mais pourquoi il n'est pas comme sa sœur ? Sérieux, obéissant, discret. Et quand tu as grandi, ça a été pire. Ta voix, ta dégaine, tes gestes, tout s'est mis à me débecter. Je n'en suis pas fier. Je me suis senti coupable. Je t'aimais, tu sais. Parce que tu étais mon fils. C'est comme ça, ça ne s'explique pas : on aime ses enfants, tout au fond. Je t'aimais mais je ne pouvais pas t'encadrer. Je t'aimais mais je ne pouvais pas te saquer. Et après ça, comme si ça ne suffisait pas, tu es devenu arrogant, pédant, prétentieux, et pédé par-dessus le marché. Tu montais tout le temps sur tes grands chevaux, avec des idées trop grandes pour toi que tu nous assénais comme si tu les avais inventées, comme si c'était la seule façon de vivre ou de penser acceptable, comme si ça faisait de nous des gens inférieurs à toi, de ne pas vivre ni penser comme ça, de ne pas s'intéresser aux mêmes choses que toi. Qu'est-ce que j'ai fait pour mériter ça ? je me disais. Mais d'où il vient celui-là ? je me demandais. Là-haut ils se sont gourés. Ils ont attribué le mauvais garçon à la mauvaise famille. C'est pas ça que j'avais commandé, moi. Parfois j'imaginais que je n'étais pas ton vrai père. Que ta mère avait couché avec le facteur. C'était pas possible autrement. Je ne voyais pas d'autre explication. »

Ou peut-être que j'invente. Je ne sais plus. En tout cas c'est la scène que j'ai écrite en rentrant. Et je l'ai réécrite tant de fois depuis. Tellement modifiée, de version en version. En définitive ce n'est peut-être pas du tout ce qu'il m'a dit. Mais c'est ce que j'ai entendu. Ou ce que j'aurais aimé entendre. Pour en avoir le cœur net. Une fois pour toutes.

Dans ma poche, mon téléphone a vibré. C'était Patrice. Il avait bien eu mon message. Alors comme ça je le laissais une semaine entière sans nouvelles

PAUL

et puis je réapparaissais comme une fleur, la gueule enfarinée. Pour qui le prenais-je ? M'imaginais-je qu'il suffisait de le siffler pour qu'il rapplique ?

Lui et moi ne nous voyions que depuis deux mois. Et je ne lui avais rien promis de plus qu'à quiconque. Quand maman m'avait appelé pour m'annoncer la mort de papa, j'avais cessé de lui faire signe. Et je ne comptais pas me justifier. Je n'avais aucunement l'intention de partager ça avec lui. Pas plus que je ne voulais qu'il me parle de ses histoires de famille ou de ses problèmes s'il en avait. Ce n'était pas le genre de relation que je cherchais. Je n'en tirais aucune gloire. Je n'avais jamais eu d'avis sur l'amour, les relations de couple, l'engagement, la fusion, la vie commune, la fidélité ou quoi que ce soit ayant trait à ces domaines. Les gens menaient leur vie comme ils l'entendaient. Je ne prétendais pas être un modèle, ni rejeter par principe ceux que j'avais sous les yeux. Non. C'est juste que parler de la mort de mon père, de la maladie de ma mère, des liens qui m'unissaient à ma sœur et à mon frère, de mon enfance avec le mec avec qui je couchais ne m'intéressait pas. Partager ce genre d'intimité ne m'intéressait pas. Je n'avais pas besoin qu'on m'écoute, qu'on me comprenne, qu'on me console. Rien que d'y penser, ma queue se rétractait et une légère nausée m'entravait les poumons.

Je lui ai donné rendez-vous dans un bar des Batignolles à vingt-deux heures. Il a fait mine de

Troisième jour

ne pas savoir s'il pourrait venir. Mais je savais qu'il viendrait quand même. Dans la foulée, j'ai envoyé un court message à Clément. Son anniversaire approchait. Y avait-il un truc dont il avait envie ? Il a répondu aussi sec. Un dîner dans un bon resto avec moi ferait l'affaire. Deux heures en compagnie de la moitié de son patrimoine génétique lui paraissaient un cadeau acceptable. J'ai dit banco tout en sachant que j'irais quand même lui acheter une babiole. Un vêtement, sans doute, puisque les disques, les films, il n'en était plus question. Plus personne de son âge ne savait ce qu'était un CD ou un DVD. Quant aux livres, ce n'était définitivement pas son truc. Un peu de poésie par-ci par-là, chopée sur le Web, suffisait à combler sa fibre littéraire. À bien y réfléchir, quelques billets constitueraient sans doute la meilleure option. La dernière fois que je l'avais vu, il espérait partir avec des amis à Barcelone. Financer quelques cuites dans les bars d'El Born et la coucherie réglementaire avec une jeune serveuse catalane tatouée n'était pas pour me déplaire. Savoir que j'allais bientôt le voir non plus. Difficile de dire qui j'étais exactement pour lui. Quel rôle je tenais dans sa vie. Je n'en revendiquais d'ailleurs aucun. Sinon celui que ses mères avaient eu la bonté de me laisser jouer : un ami qui se trouvait aussi être le donneur demeuré longtemps secret qui leur avait permis d'avoir un enfant. Une sorte d'oncle ou de parrain dont leur fils avait ignoré jusqu'à ses quinze ans qu'il lui devait la moitié de ses gènes, mais qu'est-ce qu'on en avait à foutre ? Quelle que soit la place qui m'était accordée, c'était la seule que je m'inquiétais de perdre un jour. J'avais aimé le voir grandir de loin. J'aimais dorénavant qu'il m'inclue dans sa vie et se moque de moi, de mes goûts, de mes manies, de mes idées, de ma façon de vivre. J'aimais me sentir comme un vieux con à ses côtés. Je n'avais jamais vécu auprès de lui. Je ne lui avais rien transmis en définitive. Il était mon fils sans que je sois vraiment son père. Sans que j'aie jamais vraiment interféré dans rien. Et ça expliquait sans doute en bonne partie qu'il soit devenu ce garçon si formidablement vivant et solaire. Ça invalidait toutes les théories survalorisant l'héritage génétique en matière de personnalité, de caractère, de psychisme. Toutes ces conneries sur le mode : il tient ça de son père, de sa mère, de son arrière-grand-oncle. La fragilité, la nervosité, l'anxiété, la bipolarité, le mauvais sang. La bonhomie, la patience, le tempérament joyeux, optimiste, l'aptitude au bonheur. Clément ne tenait rien de moi mais nous nous aimions bien, je crois. Je faisais un peu partie de sa vie et c'était là l'essentiel. Notre relation n'avait rien de contrainte, il ne me devait rien, pouvait me laisser tomber quand ça lui chanterait, et c'était réciproque. Même si je doutais qu'il m'arrive un jour de me lasser de lui. Même s'il y avait peu de chances pour que je me fatigue un jour de le voir grandir, évoluer, changer, se construire. Parfois je me disais qu'il était la dernière personne qui me reliait encore au présent. La seule qui me poussait à m'inquiéter un peu de l'avenir. Depuis quelques années, j'avais la sensation d'avoir perdu le fil. L'époque me foutait la gerbe et je savais bien pourquoi : je ne la comprenais plus. La plupart de mes héros étaient morts et le monde tel qu'il allait à présent ne me convenait plus. J'avais de moins en moins envie d'y prendre part. Je n'écoutais plus la radio, ne regardais plus la télévision, n'ouvrais plus les journaux, n'utilisais mon téléphone que pour sa messagerie. J'avais déserté Internet et les réseaux sociaux. Je m'en tenais désormais à la littérature, et encore, quand elle s'éloignait des grands sujets sociétaux à la mode, quand elle n'entendait ni sonder les maux de l'époque ni dresser le portrait de notre pays fracturé. Je m'en tenais désormais à la musique. À mes films de chevet. Et aux pièces cent fois relues, cent fois vues, cent fois montées. Je voulais bien qu'on me parle d'hier mais plus d'aujourd'hui. Je ne prenais plus de nouvelles du présent qu'à travers Clément. Lui non plus n'aimait pas beaucoup notre époque mais chez lui ça n'avait rien d'affligé ni d'amer. Il l'assumait en souriant et s'enthousiasmait à l'idée de changer le monde à sa manière, en douce, concrètement, sans baratin ni effets de manche. Comme en contrebande.

Paul

Maman a sursauté quand j'ai pénétré dans le salon.

— Ah, François... Tu m'as fait peur. Je ne t'avais pas entendu descendre.

Je n'ai pas cru bon de relever qu'elle venait de m'appeler par le prénom de mon père.

— Qu'est-ce que tu regardes ? me suis-je contenté de demander.

Elle n'a pas su répondre. La matinale avait laissé la place à un soap daté où tout, de l'intrigue au jeu des acteurs, des décors aux coiffures, des répliques aux regards pénétrés confinait au ridicule. Du prêt-à-parodier pour comiques en mal d'idées neuves.

— Oh, je ne regardais rien en particulier. Je rêvassais. J'ai allumé la télé juste pour le bruit. La présence.

Ma mère n'avait pourtant jamais été du genre à rêvasser, ai-je songé. Enfant, il m'arrivait de la surprendre un bref moment perdue dans ses pensées, mais aussitôt elle se reprenait, vaguement honteuse, comme si rester un moment inactive ou absorbée en elle-même était condamnable. Et alors elle se remettait aussitôt à briquer ce qui l'était déjà, trouvait quelque chose à recoudre, un coup de téléphone à passer pour s'enquérir de la santé d'une tante lointaine, d'une vague cousine, d'une voisine. Il lui fallait toujours se soucier de quelqu'un, avoir un sujet d'inquiétude, lui consacrer son énergie, ses pensées et la plus grande part de son temps. S'en offrir à soi-même relevait à ses yeux de la complaisance, et parfois je me demandais si ce n'était pas elle qui avait raison. On consacrait tellement de temps à s'écouter, à sonder ses insatisfactions, à disséquer ses motifs de frustration. Tout le monde n'avait plus que le développement personnel, l'affirmation de soi et la psychanalyse à la bouche. Et d'un autre côté, comme par hasard, nous constations nos difficultés à faire société, à accepter l'autre, à supporter qu'il ait d'autres opinions ou d'autres manières de vivre. Cet individualisme narcissique s'étendait à présent au champ politique, qui aurait pourtant dû être le lieu du collectif par excellence. Là encore nous refusions de sortir de nous-mêmes. Nous refusions désormais de nous sentir représentés, de nous en remettre à quiconque n'avait pas exactement les mêmes idées que nous sur tous les sujets. Nous refusions d'écouter quiconque esquissait un avis contraire au nôtre, ou osait la plus petite nuance, la plus mince objection. Nous n'étions plus capables de consensus, de compromis. Et les algorithmes, bénis soient-ils, nous en gardaient bien. Amen.

J'ai pensé à tout ça et bien entendu cela n'avait rien à voir avec ma mère assise devant la télévision allumée pour personne. Comme toujours je n'avais pas pu m'empêcher de dériver, de théoriser, de bâtir un de ces raisonnements fumeux que je m'empresserais de noter quelque part. Il m'arrivait même de les trouver brillants, d'être si ébloui par mes propres conneries qu'il me semblait urgent de les infliger à mes contemporains sur un grand écran, sur la scène d'un théâtre, ou à l'occasion d'une interview.

— Je ne vais pas tarder, tu sais. J'ai un rendez-vous avec le patron du théâtre de l'Avalanche pour ma prochaine pièce. Tu n'as pas oublié pour mardi ?

— Hein ? Oui, bien sûr... Enfin, redis-moi quand même, y a quoi mardi, déjà ?

— On va à la mer.

— Quoi ?

— Je plaisante. Je t'emmène à la clinique pour tes examens. Je viendrai te chercher vers onze heures.

— Ah oui. C'est vrai.

— Mais ça te plairait ?

— Quoi ?

— Que je t'emmène à la mer.

— Peut-être. Ça fait longtemps. Ton père n'a jamais trop aimé ça, tu sais bien. Il a toujours préféré la montagne. Ou la campagne. Mais je ne veux pas t'embêter. Tu es déjà bien gentil de t'occuper de mes histoires médicales...

J'ai souri en l'entendant m'affubler du qualificatif « gentil ». Je me suis imaginé la gueule d'Antoine s'il avait entendu ça. Et puis : ses « histoires médicales ». Cette façon de minorer dès qu'il s'agissait d'elle. Je l'ai embrassée sur le front et elle a tressailli, m'a chassé d'un geste de la main, comme si le contact de mes lèvres sur son crâne était vraiment la chose la plus répugnante qui soit.

Troisième jour

— Ça va aller ? lui ai-je demandé. Tu as besoin que j'aille te faire une course avant de partir ?

— Penses-tu. J'ai un steak haché et une boîte de haricots pour ce midi. Ce soir, je me ferai une biscotte beurrée et un Ricoré.

Voilà, ai-je songé, ce sera sa vie maintenant, une vie de steak haché haricots verts et de biscottes beurrées, seule au rez-de-chaussée de la maison. Sans doute dormira-t-elle sur le canapé dorénavant. Sans doute se lavera-t-elle dans la douche que mon père a installée il y a deux ans dans le débarras, en prévision des douleurs articulaires qui un de ces jours finiraient par leur interdire l'étage.

— Tu penses à sortir un peu, hein. Faire quelques pas dans la rue. Prendre un peu le soleil. Voir du monde. Tu restes pas à la maison toute la journée... De toute façon ce week-end, Claire et Antoine vont venir te rendre visite. Et nous on se retrouve mardi pour tes examens.

— Oui oui. Arrête de t'en faire pour moi. Tu as assez de choses à penser comme ça, avec tes films, tes pièces, tous tes projets. Et puis surtout avec ton père... D'ailleurs, tu sais. Au sujet de ton père, justement. Il y a une chose que je voulais te dire...

Elle a paru hésiter un instant. J'ai d'abord cru qu'elle allait s'arrêter là. De nouveau, son regard est allé se perdre quelque part, loin derrière la surface de l'écran où un type à la dentition étincelante annonçait à une fille à la chevelure léonine qu'il était son frère. Il me semblait pourtant les avoir vus se rouler des pelles quelques plans plus tôt...

— Dès le début ça n'a pas collé entre vous, a finalement repris ma mère. Tu n'aimais pas qu'il te tienne dans ses bras. Tu pleurais dès qu'il approchait. Tu le repoussais. Tu ne réagissais pas quand il s'adressait à toi. Avec Claire tout avait été si simple. C'était un bébé si facile. Avec moi, bien sûr, mais aussi avec lui. Et Antoine, quand tu as eu six ans, ça a été pareil. Dès qu'il voyait ton père, il souriait, ses yeux s'illuminaient. Mais toi, non. Et ça ne s'est pas arrangé quand tu es devenu un petit garçon. Ton père ne savait pas par quel bout te prendre. Tu ne voulais jamais rester avec lui. Tu refusais qu'il te lise des histoires. Qu'il t'aide pour tes devoirs. Qu'il t'emmène jouer au ballon ou qu'il t'apprenne à faire du vélo. Dès qu'il s'occupait de toi, tu me réclamais et tu faisais des espèces de crises de nerfs, on ne comprenait jamais trop pourquoi. Des caprices. À propos de la nourriture. Ou des vêtements qu'il te mettait. Parce que l'herbe était mouillée dehors. Ou que tu voulais un truc au supermarché. Il ne parvenait pas à te calmer. Tu sais comment sont les hommes. Ils perdent vite patience. Et puis après ça a empiré. Tu es devenu un grand garçon, puis un adolescent, et tu avais cette manière de le regarder de haut. Il avait l'impression que tu le jugeais. Que tu le méprisais. Mais il était fier de toi, déjà à cette époque, tu sais.

Troisième jour

Il se disait que tu étais un enfant intelligent, cultivé, et que si pour le moment ça ne faisait pas de toi quelqu'un de bien, ça finirait par changer, qu'un jour tout ça te servirait à quelque chose, que ça te mènerait à un endroit où il ne pouvait pas t'emmener. Il espérait juste que tu ne te perdes pas en chemin.

Maman s'est tue. Ou alors elle n'a jamais prononcé le moindre de ces mots, et c'est moi qui les ai inventés, qui me les suis imaginés une fois de plus, parce qu'il fallait bien qu'il y ait une explication à tout ça. Un coupable. Et que ce soit moi.

Parce qu'il fallait bien mettre un peu d'ordre, éclaircir toute l'affaire. Une banale affaire de famille. Qui était à peine une histoire. Autour de laquelle je ne cessais plus de tourner. Comme une toupie qui aurait dévié de son axe.

— Allez, file. Ne te mets pas en retard pour moi.

J'ai obéi et je suis sorti de la maison. J'ai traversé le jardin. Un ballon avait atterri au milieu d'un parterre de fleurs, en cassant cinq ou six au passage. Sûrement une partie de foot qui avait dégénéré chez les voisins. J'ai pensé : Papa aurait tellement gueulé. Et pour une fois ça m'a fait sourire.

FIN

À : arthur.beyer@theatre-avalanche.fr
CC :
Cci :
Objet : Comme un frère | Théâtre de l'Avalanche
De : paul.eriksen@laposte.net
PJ : commeunfrere.doc

Mon cher Arthur,
Monsieur le directeur,

Comme convenu l'autre soir, tu trouveras ci-joint une première version de *Comme un frère*. Tu verras : l'essentiel y est. En tout cas en ce qui me concerne. Reste à l'adapter pour la scène. Je sais : ça a l'air d'un gros chantier mais t'inquiète. J'ai l'habitude. Je procède toujours comme ça, y compris pour mes films, même si ça ne facilite la vie de personne. Et surtout pas la mienne.
Pour l'enterrement proprement dit, je ne sais pas encore comment je vais m'y prendre. Je me dis qu'on n'a pas forcément besoin de le voir. Mais que c'est peut-être dommage d'éviter l'obstacle. J'hésite encore. Pareil pour les scènes avec le père. Évidemment, il y a l'option vidéo. Mais tu sais que je m'en méfie (le comble, pour un cinéaste...).
En dehors de ça, ça devrait rouler. Je pense qu'il y a pas mal de trucs que je vais garder tels quels, et on

verra sur le plateau avec les acteurs. Tu sais que c'est ce que je préfère, bâtir le spectacle avec eux sur scène. Sur ce point, d'ailleurs, j'attends une réponse d'Isabelle pour le rôle de Claire. De son côté, Nicolas a l'air OK pour Antoine. Mais il faut qu'il parle à son agent qui freine des quatre fers. Sinon je tenterai le coup avec Félix. Pour Paul, je vais sonder Benjamin, même s'il n'a jamais fait ça, on ne sait jamais. Sinon j'aimerais proposer le rôle à Mathieu ou à Denis. Et pour la dernière fois : non, je ne veux pas le jouer moi-même. Quant à la mère, pas évident, c'est pas un gros rôle, mais bien sûr il a son importance. Tu as des idées ?
Pour le décor, je vois Yuko la semaine prochaine. Mais on en a déjà parlé au téléphone et je crois qu'on est raccord.
Voilà. C'est tout pour le moment.
J'espère que ça te plaira.
De toute façon, maintenant, c'est trop tard.

Bonne lecture,
Amitiés,

Paul

P.-S. : je pars quelques jours en Bretagne avec ma mère. J'embarque Clément tant que j'y suis. Je me dis qu'il est temps de faire les présentations (tu le vois, le film ?). On peut se parler mardi si tu as lu d'ici là.

Composition et mise en pages
Nord Compo à Villeneuve-d'Ascq

CET OUVRAGE
A ÉTÉ ACHEVÉ D'IMPRIMER
SUR ROTO-PAGE
PAR L'IMPRIMERIE FLOCH
À MAYENNE EN MAI 2022

N° d'édition : L.01ELJN001049.N001. N° d'impression : 100441
Dépôt légal · août 2022
Imprimé en France